講談社文庫

雷鳴

交代寄合伊那衆異聞

佐伯泰英

目次

交代寄合伊那衆異聞

雷鳴

第一章　奥傳伝授

一

この冬一番の寒気が江戸を襲った。池の水どころか神田川の岸辺まで凍《い》てついた。

安政《あんせい》二年（一八五五）霜月《しもつき》半ばのことだ。

座《ざ》光寺《こうじ》左京《さきょう》為清《ためすが》は足先が痺《しび》れ、それを我慢していると眠気が襲ってきた。それでも眠りに落ちまいと必死で我慢した。

ここは高田《たかだ》村大鏡山医王寺南蔵院《なんぞういん》の離れの一室だ。

片桐《かたぎり》朝和《あさたか》神無《じんむ》斎《さい》の論語の講義を淡々と説く声が遠のいていく。ついにはすとん
として左京為清の意識は途《と》絶《だ》えた。

雪が霏々《ひひ》として降る伊那《いな》谷の光景が脳裏に浮かんでいた。山も川も押し包むように降り続け、ついには伊那谷を白一色に変えた。

若者が独り、天竜川《てんりゅう》に向かい合うように木刀を振り続けている。その向こうには一万尺を越える山並みは雪の壁に掻《か》き消されていた。

直参旗本《じきさんはたもと》座光寺家は交代寄合《こうたいよりあい》衆と呼ばれ、万石以下の禄高にも拘《かか》わらず参勤交代を義務付けられた家柄だ。所領はわずか千四百十三石、城はなく陣屋《じんや》は伊那谷山吹《やまぶき》領にあった。

若者が木刀を振るう野天の道場は、前方に暴れ川の天竜川と伊那山脈を眺《なが》められる山吹台地にあった。伊那山脈の背後に白根《しらね》岳や赤石《あかいし》山嶺が天を衝《つ》く衝立《ついたて》のように聳《そび》えていた。

若者は座光寺一門に伝えられる信濃一傳流《しなのいちでんりゅう》をさらに創意工夫した独創の剣を編み出さんと太く、長い木刀を構えて縦横無尽に雪の原を走り回っていた。

若者が独創した剣は大雨の後、滔々《とうとう》と激しく流れ下る天竜川に啓示を受けたものだ。諏訪《すわ》湖から流れ出た川には東西の谷から無数の雨水が加わり、広い河原を埋めて奔流《ほんりゅう》した。

若者は暴れる川が岩場に当たって砕け、流れを思わぬ方向に転じ、砕け散る様《さま》から

秘剣、

「天竜暴れ水」

と名付けた。

天竜暴れ水は奔《はし》る流れが瀬や岩にぶつかり、人間の予測を超えて四方八方に転流するように対戦者に予測さえ与えないほどの動きを見せる、電撃乱戦の剣捌《けんさば》きだった。

若者はまず師の教えを守り、気宇《きう》壮大に相手を呑《の》むために構えは天竜にも白根岳にも負けぬように大きくとった。

若者が動かんとしたまさにその瞬間、膝《ひざ》をぴしゃりと扇で叩《たた》かれ、目を覚ました。

「おおっ、これは」

目の前に剣術の師にして座光寺家の陣屋家老の片桐神無斎の顔があった。

「師匠、迂闊《うかつ》にも」

と平伏して詫《わ》びようとした藤之助《とうのすけ》は、はたと急転した宿命に気付き、

「朝和、つい居眠りしてしもうた。相すまぬな」

と言い直した。

「四書五経の講義は退屈にございますか」

「剣術とは比較にならぬな」

座光寺家の中興の臣と敬われる神無斎が笑った。

二代前の忠之助為将《ただのすけためまさ》の代に伊那谷を大凶作が襲った。そのため座光寺家では多額の借財を負ってなんとか領内の暮らしを保った。

その折、若き日の片桐朝和は所領地の山吹と江戸を頻繁《ひんぱん》に往復して家中に殖産を督励し、江戸藩邸に質素倹約を説いて財政を立て直した。

この功績により、朝和は中興の臣と呼ばれるようになっていた。

六十二歳の高齢を押して神無斎が伊那谷から江戸に出てきたには事情があった。

座光寺家十二代左京為清は数日前まで本宮《ほんぐう》藤之助と呼ばれ、座光寺家でも下級の奉公人であった。家臣の身でありながら、藤之助は、座光寺家に高家肝煎品川《こうけきもいりしながわ》家から養子に入った左京為清と対決して暗殺し、主《しゅ》の座に就いたばかりだった。

むろん片桐朝和神無斎ら座光寺家の重臣らの命を受けてのことだ。

殺された左京為清は遊興に溺《おぼ》れ、座光寺家の暮らしを逼迫《ひっぱく》させたばかりか、家康《いえやす》公以来座光寺家に与えられた、隠された使命を己の利欲に使おうとした。

そのため片桐朝和、江戸家老引田武兵衛《ひきたたけべえ》ら限られた股肱《ここう》の臣は亡き先代正室、お列《れつ》と計らい、座光寺家を守り抜くために主の暗殺を決断したのだ。

この決定に従い、命を受けたのが藤之助であり、主暗殺は密かに為《な》された。

だが、驚くべきことに主殺しを決行した藤之助に左京為清の身代わりが命じられた。すべては片桐朝和らの手によって用意周到に企てられた主の交代劇であった。

とまれ、もはや座光寺家の下士本宮藤之助はこの世に存在しなかった。

交代寄合衆座光寺為清は十三代将軍徳川家定《いえさだ》にお目見《めみえ》して公《おおやけ》に認められた座光寺家の十二代当主となった。

「左京様、朝和は明朝、江戸を発《た》ちまする」

「伊那に戻るか」

徳川家と約定《やくじょう》した密命を守るために主の首の挿《す》げ替えを無事果たし、家定とのお目見を無事済ませた老臣は伊那に戻るといっていた。

「もはや朝和が江戸に出て参る機会はございますまい。これからは左京様ご一人《いちにん》の手の内に座光寺家の命運は握られております。われら、座光寺一族は家康様との約定を守り、座光寺家を隆盛へと導いていかなければなりませぬ。世は再び乱世の様相を示し始めております、幕藩体制は弱体に陥り、四方の海には異国の艦船が開国を迫って姿を見せております。左京様、座光寺家が世に打って出る好機と申せますぞ」

「朝和、左京はなにをなせばよい」

「その問いに答えられるのは座光寺為清様お一人にございます」

朝和は自ら考え、行動せよと言っていた。

「左京様、過日、座光寺家が山吹、北駒場、上平、竜口の四ヵ村千四百十三石の安堵《あんど》を保証された家光《いえみつ》様の御朱印状と家康様からの拝領の短刀、包丁正宗《まさむね》に隠された秘密申し述べましたな」

御朱印状は寛永《かんえい》八年（一六三一）三月四日に家光から二代目勘左衛門為重《かんざえもんためしげ》に与えられたものだった。以後、座光寺家では代替わりの折、家光の御朱印状と包丁正宗を揃《そろ》えて将軍家に供する異例が許されていた。

このお目見を以《も》って正式に代替わりが成ったのだ。

交代寄合衆三十四家の中でも異例の特権には次の一条が記されていた。

「万万が一徳川家滅亡危機に瀕《ひん》しなば座光寺当主御《お》介錯《かいしゃく》申付命者也」

座光寺家の当主は将軍家の御介錯を密かに命じられた一族であったのだ。ゆえに家光の御朱印状は、

「首斬《くびきり》安堵」

と異名があった。

包丁正宗は将軍家自身が腹を召《め》す短刀であり、本宮藤之助の江戸出立《しゅったつ》に際し、泰山神社の神職でもあった父が貸し与えた差し料藤源次《とうげんじ》助真《すけざね》は、将軍家の御介錯刀として

座光寺一族に伝えられてきたのだ。

藤之助が対決して殺した「左京為清」はこの秘密を承知して策動し、片桐朝和らに始末されたのだ。

「左京様、首斬安堵にはいま一つ口伝《くでん》が付されております。それを知るは代々座光寺家の当主のみ、それがしが知るは次なる経緯《いきさつ》ゆえにございます。十一代伊奈之助為巳《いなこれすけためみ》様が嘉永《かえい》元年（一八四八）に亡くなられた際、座光寺家には後継《あとつぎ》はございませなんだ。そこで為巳様はそれがしにしかるべき養子を迎えよ、その者が座光寺一族の棟梁《とうりよう》として相応《ふさわ》しき者なれば朝和の口から座光寺家の首斬安堵の使命とともに伝えよ、と申し遺されました。じゃが、高家品川家から迎えた養子どのは失敗にございました」

と言うと、

「ただ今為巳様が申し遺された一条を左京為清様にお伝え申し、朝和、伊那に引き籠《こも》る所存にございます」

と宣言した。

左京は師でもある陣屋家老の顔を正視した。

「先に慶長《けいちよう》二十年（一六一五）四月、大坂夏の陣の陣中、家康様と為重様との口約束を後に家光様が御朱印状に認《したた》めたと申しましたな、また家康様、為重様の間の口約束は御朱印状の文言《もんごん》からの推測に他ならぬと申し上げましたな」

「いかにも」

「左京様、今一つ御朱印状の文言に加えられなかった家康様の命《めい》は、こうにございます……」

左京為清は姿勢を正した。

「将軍家の御介錯前に一事あり……」

片桐朝和の言葉は淡々と続いた。

伝え終わったとき、朝和は虚脱した表情を見せた。

左京為清は呆然として言葉を失っていた。

朝和は座光寺家と徳川家の秘密を嘉永元年から負って生きてきたのだ。今、左京為清に伝えて肩の荷を下ろした。

我に返った左京為清は訊いた。

「その密命の使いはだれぞ」

朝和は首を横に振った。

「存じませぬ」

「為清の前に使いなる者が立ち現れたとせよ。その命の真偽、いかにして判断するの

「包丁正宗は双子刀にてこの世にもう一振り同様の短刀がございますそうな。茎《なかご》は相か」

茎、二振りの短刀の銘にて密使の真贋《しんがん》が自ずと知れまするそうな」

「朝和、為重様以来、われら座光寺一族に徳川家より密命もたらされたか」

「一度たりともございませぬ」

「家康様との約定、今も生きておると思うか」

「信ずることが座光寺家の生きる道にございます」

朝和神無斎が即座に答え、しばし沈黙の後、

「左京様、徳川の屋台骨は開闢《かいびゃく》以来、初めて激しく揺れ動いております。これまで二百五十余年、徳川家は安泰にござりました、ゆえにわれらの出番もございませなんだ。じゃが、この激動の時代、必ずや倒幕の動きが加速されまする。その折、西の方で必ずや動きあり、徳川家と宿命の対立をなすと家康様はお考えになられた。その時、必ずや左京為清様にもう一振りの包丁正宗を持参した使いが参りましょう」

朝和神無斎は明確に言い切った。

「西の動きの中心が朝廷か」

「いかにも朝廷と家康様はご賢察なされました」

左京はしばし瞑想し、

「覚悟しておく」

と腹から搾《しぼ》り出すように答えた。頷《うなず》いた朝和が、

「もはや思い残すものはございませぬ。最後に座光寺家墓所にお参りしとうございます。為清様、お付き合い下され」

二人は離れを立つと南蔵院墓所、座光寺家の墓前に主従して並び、手を合わせた。

夕暮れ前の刻限、二人を省《のぞ》いて無人の墓地を薄い闇が包もうとしていた。

「為清様、最後の稽古をお願い申しましょうかな」

「承知」

左京為清の返答が急に元気になった。

座光寺家流儀の信濃一傳流は七代目為忠《ためただ》が江戸で朝山一伝流森戸《もりと》隅太《すみた》の下で修行し、免許皆伝を得たことに端を発する。

座光寺家に伝わる戦国往来の実戦剣法に朝山一伝流の技を加えて出来上がったのが信濃一傳流だ。

この教えは、

「太刀風迅速果敢に打ち込め、一の太刀が効かずば二の太刀を、二の太刀が無益なれ

ば三の太刀を繋《つな》げよ」

という単純なものだった。それだけに構えは、

「天竜の流れを、白根岳を呑み込むほどに大きくとれ」

と教え諭した。

この単純な剣法に飽き足らず、本宮藤之助はさらに動きを敏捷《びんしよう》玄妙《げんみよう》にした、

「天竜暴れ水」

を創始していた。

師匠の片桐朝和は藤之助が独創した秘剣があることを承知しながらこれまでそのことに触れることはなかった。

「左京様、そなたが創意なされた剣技、天竜暴れ水、実に勇猛にして果敢にして実戦向きの剣技にございます。だがな、王者の剣に非《あら》ず、殺人剣にございます」

「朝和、剣は畢竟《ひつきよう》殺人剣ではないか」

「いかにも相手の動きを止め、息の根を絶つことにございます。ですが、これ雑兵の剣にして王者の剣に非ず。片桐朝和、名残の江戸に信濃一傳流の奥義を残して参ります。とくとご覧下され、左京様」

「拝見しよう」

片桐朝和神無斎は座光寺家先祖代々の墓前で一礼すると、未《いま》だ煙を上げる線香を手にとり、地面の一角に立てた。

そうしておいて腰に一剣を落ち着けた。

「信濃一傳流奥傳《おうでん》正舞四手従踊八手、座光寺左京為清様に相伝申す」

左京は師の構えと動きに衝撃を受けた。それまで朝和神無斎が教えてきた実戦剣法とは全く異なる動きだった。

神韻縹渺《しんいんひょうびょう》とした動きの中に気品と精緻《せいち》があった。これぞまさに、

「王者の剣」

の威風があった。

動きは線香の周りで行なわれ、朝和の羽織の裾《すそ》が線香に触れなんとしたが、ついにその煙を戦《そよ》がすこともなかった。

左京為清は師の一挙手一投足の動きを見逃すまいと凝視し、時が経《た》つのを忘れた。

左京為清が小者一人に提灯《ちょうちん》を点《とも》させて南蔵院を出たのは五つ（午後八時）過ぎの刻限だった。

高田村と座光寺家の江戸屋敷のある牛込山伏町《うしごめやまぶしちょう》はさほど遠い距離ではなかった。

左京が神田上水に架かる面影橋《おもかげばし》を渡ろうとしたとき、闇の中に殺気を察知した。

江戸に出て一月余が過ぎたのみだ。だが、伊那谷にあった二十年余に体験することのなかった剣槍の場を掻《か》い潜《くぐ》ってきた。

左京為清と身を変えた本宮藤之助に憎しみと敵愾心《てきがいしん》を抱く者がいてもおかしくはなかった。

左京を取り巻く環境は大きく変化したのだ。

(世の中、なるようにしかなるまい)

左京はそう考えて、足の運びを変えることはなかった。

左京は将軍家定にお目見して屋敷に戻った日のことを思い出した。

この日、初めて養母のお列に面会した。その場には座光寺家に父祖代々仕える家臣と奉公人が同座した。

「為清どの、上様とのお目見祝着至極に存じ上げます」

その場にあった片桐朝和らも、

「おめでとうございます」

と和し、為清は、

「養母上《ははうえ》、為清、これに勝る喜びはございませぬ」

「座光寺一族、安泰のために今後も一層《いっそう》のご奉公お願い申し上げますぞ」

「はっ、畏《かしこ》まって候《そうろう》」

一座に盃《さかずき》が配られ、酒が注がれた。

お列のかたわらには三方《さんぼう》に載った鯛、勝栗、昆布、粽《ちまき》などが飾られてあった。

片桐朝和が、

「お代替わり祝着に存じ候」

と発声し、一同が和して、酒を飲み干した。

この瞬間、交代寄合衆座光寺家の家臣本宮藤之助は一族の記憶から消え、座光寺十二代左京為清へと変身を遂げた。

左京にはなにがなんでも座光寺一族を繁栄に導き、末代へと繋《つな》ぐ義務が生じたのだ。

刺客がだれであれ、斃《たお》されるわけにはいかなかった。

橋を渡ると下戸塚《しもとつか》村に入り、寄合五千石堀田弾正《ほっただんじょう》家の抱え屋敷を通り過ぎた。辺りは暗く、冷たい風が主従の行く手から吹き付けてきた。

「文造《ぶんぞう》、それがしの後ろに回れ」

左京は提灯を持った供に命じた。

「はっ」

文造が主から掛けられた言葉の意味が分からず立ち止まった。

「待ち人がおるわ」

文造が慌《あわ》てて提灯の明かりを翳《かざ》して行く手を見た。

左京は弓箭《きゅうせん》の音を聞いた。

その瞬間にはするすると文造の前に出て、刃渡り二尺六寸五分、鎌倉一文字《かまくらいちもんじ》派を興した祖、藤源次助真を抜くと寒風に乗って飛来する複数の矢を次々に斬り落とした。

両断された矢羽と矢尻が足元に転がり、文造が、

ひえっ

という悲鳴を上げた。

「明かりを地べたに残し、離れた路傍にしゃがんでおれ」

文造が慌てて提灯を地面に置くと闇の路傍に転がり座った。

左京は片手で羽織を脱ぐと文造の足元に投げた。

足音が響いた。

坂道の上から浪人者と思《おぼ》しき一団が走り寄ってきた。

「交代寄合座光寺左京為清と知っての狼藉《ろうぜき》か」

左京の言葉を聞いても襲撃が止《や》む様子はなかった。
四、五間に迫った浪人の群れは半円に陣形を取った。
「どこぞのだれかに金子《きんす》で頼まれたか。命を賭《と》す覚悟あらば参られよ。烏合《うごう》の衆に天竜暴れ水を馳走《ちそう》しようか」

左京はゆるやかに助真を上段へと上げた。

六尺余の長身に長い両腕が伸びて、それが天を突くように差し上げられた。

構えは雄大で坂上にいる者たちを圧した。

「斬れ！」

一党の頭目が命を発した。

半円が崩れ、左京に向かって突進してきた。

同時に左京も左前方に飛び、一気に間合いが切れて生死の境に入ったのを覚《さと》ると突き上げた助真を振り下ろした。

電撃の一撃が相手の脳天から唐竹割りにし、次の瞬間にはその後方へと飛び込んでいた。

天竜川の奔流が暴れ流れるように四方八方に飛沫《しぶき》を上げて散り、動きを一旦《いったん》停止したときには、下戸塚村の坂道に五人の浪人たちが倒れ伏して呻《うめ》いていた。

残りの仲間は呆然と立ち尽くし、その内、恐怖に震え出した。

「闇に潜《ひそ》みしお方に申し上げる。座光寺左京為清の命を取りたくば、もそっと手練《てだ》れを寄越されよ」

闇は沈黙したままだ。だが、そろりと揺れて気配が消えた。

左京は、品川式部《しきぶ》大夫《たいふ》か、その命を受けた者と推定していた。

「文造、参るぞ」

「へ、へいっ」

小者が羽織と提灯を持って左京に従った。

二

座光寺家の若き当主の朝は早い。

屋敷の誰よりも早く目を覚まし、庭に出る。

敷地千二百坪余の裏庭に奉公人が薪《まき》を割ったり、洗濯物を干したりする空き地があった。広さは、五、六十坪か。

葉をわずかに残した銀杏《いちょう》の木が一本立っていた。幹回りは大人の男がなんとか両腕で抱え込めるほどの大きさだ。

左京は朝稽古の場所と定め、木刀を手に立った。長年、踏み固められた地面は左京にとってほどよい硬さになっていた。

素足になった左京が木刀をまだ暗い空に突上げるとき、その脳裏に天竜川が、伊那山脈を露払いに従えた白根岳、赤石山嶺が浮かんだ。

左京は腹に力を溜《た》め、息を止め、想念を虚空の一点に集め、
ぱあっ
と吐き出すと同時に踏み出し、架空の敵を打った。さらに変転した左京は動きを止めることなく前後左右に、時に飛び上がりつつ木刀を振るい続けた。

その動きは半刻、一刻と止むことはない。

飯炊きの弥助爺《やすけじい》が薪を取りにきて、朝まだきの裏庭を駆け回る天狗様に仰天して腰を抜かしかけた。だが、それが主の左京為清と知ってさらに驚いた。

(此度《こたび》の主様はなんとも剣術好きじゃな)

左京の朝稽古と剣術好きはたちまち屋敷じゅうに知れ渡ることになる。主の行い、もはや止める者はだれ一人としていない。

左京は独創の剣技、

「天竜暴れ水」

の稽古を終えると木刀から藤源次助真に得物を変えた。

刃渡り二尺六寸五分の真剣を腰に差し落とした左京は、師の片桐朝和が座光寺家の墓前で伝えた信濃一傳流奥傳正舞四手従踊八手をゆるやかに使った。

その動きは暴れ水から一転して雅《みやび》な舞のようで左京にも修得が容易でないことを覚らせた。だが、左京は飽きることなく朝和が一度かぎりに相伝した技を繰り返した。

銀杏の残った葉がはらはらと左京の舞に興を添えた。

屋敷の台所が騒がしくなった。

それを合図に稽古を終えた。

その足で井戸端に向かった左京は、水を被《かぶ》る心積りだったが女衆が水を汲《く》みにきたり、朝餉《あさげ》の菜《さい》を洗いにきたりと、とても落ち着けるものではなかった。

どうしたものか思案していると井戸端に仏壇や神棚の水を汲みにきた奥女中の文乃《あやの》が、

「左京様、汗をお流しなれば湯殿をお遣《つか》い下さいまし」

案内に立つ気配を見せた。

「知っておる」

左京は井戸端で足だけ洗うと湯殿に行き、湯船に張ってあった水を肩から被った。寒《かん》の季節、溜めてあった水は肌に突き刺さるように冷たかった。だが、左京はその水を体じゅうに掛けた。すると体の芯からぽかぽかと温もりが生じてきた。

「よし」

濡れた体を拭《ふ》こうとすると手拭《てぬぐい》が脱衣場からさっと差し出された。

白い手は文乃だった。

「そなたとは湯殿の縁があるのう」

「左京様とは初めてにございます」

初対面は伊那谷からぶっ通しで江戸に駆け付けた折のことであった。老女のおよしに湯殿に連れて行かれ、旅の汚れを肌が赤くなるまで擦《こす》り落とされた。あれが左京為清の身代わりとなる第一歩だった。座光寺家にはおよしのほかに文乃ら数人の若い女中がいて、なにくれと世話をした。

わずか一月前の出来事とは思えないほど長い歳月が過ぎ去った、と若い二人は激変の日々を思った。

左京は文乃から渡された手拭で濡れた体を拭き取った。

新しい下帯が差し出され、左京は無言で受け取るとさっさと下帯を着けた。その恰《かっ》好《こう》で湯殿から脱衣場に上がると、文乃が肌着を広げて左京に着せ掛けた。

「左京様、主になられたお気持ちはいかがにございますか」

文乃は町家から行儀見習いに来た娘だ。実家は麴町《こうじまち》の武具商甲斐屋《かいや》佑八《すけはち》であった。

それだけに町娘の遠慮なさも残していた。

「世の中が窮屈に思えてきた」

文乃がけらけらと笑った。

「文乃、なりとうてなった座光寺左京為清ではない、めぐり合せよ。だがな、文乃、左京為清になったからには悔いのない主を全うしたい」

「それでようございます」

背中から文乃の潔い返答が聞こえてきた。

「文乃、屋敷の中で正直な返答を返してくれるのはそなただけじゃ」

「武家の暮らしは本音二分に建前八分の世界にございます。うっかり信じると足を掬《すく》われます」

「町家は違うか」

「建前で商いしたのでは忽《たちま》ち潰れます」

「江戸に出ていろいろなことを教えられた」

「まだまだございます」

と年下の文乃が答え、

「お列様がお待ちにございますよ」

と左京を急《せ》かせた。

湯殿を出るとき、文乃が濡れて乱れた髷《まげ》を自分が挿していた簪《かんざし》の先で直してくれた。

そのとき、左京の鼻腔《びこう》をほのかにも文乃の香りが漂ってきた。

お列は仏間で左京を待っていた。

「養母上、お早うございます」

「左京どのも朝から精が出ますな」

朝の挨拶《あいさつ》をし合った親子は先祖の位牌が飾られた仏壇に手を合わせ、さらには神棚の前に移って二礼二拍手一礼をなした。

朝餉だけは親子が膳を並べて、箸をとった。

列の朝餉は茶粥だ。

列が先代の左京為清を養子に迎えたのは四十歳を大きく回ってからのこと、列は江戸期にあって刀自《とうじ》と呼ばれる年頃を迎えていた。

二人が最初に膳を並べた朝、左京には一汁一菜と白米の飯がついた。

「文乃、養母上と同じ茶粥に変えてくれぬか」

給仕をする文乃に膳を押し戻した。

「白米はお嫌いにございますか」

「そうではない。伊那では弔いか祝言でもないと口にせぬ贅沢《ぜいたく》じゃあ、左京も養母上と同じ茶粥を所望致す」

「畏まりました」

文乃はあっさりと膳を下げた。再び運ばれてきた膳は、白米が奉公人の食する麦飯に変えられてあった。

「茶粥ではお若い左京様のお腹は持ちますまい」

文乃は平然としたものだ。

「左京どの、母に遠慮をすることはございませぬ」

列も口を揃《そろ》え、

「文乃の勧めるとおりになされ」

と麦飯を食する許しを与えた。

「では、馳走になります」

江戸では裏長屋に住む棒手振《ぼてふ》りや職人ですら白米を食するという。年貢米が江戸に集まり、金子に交換され、その米が市場に出回るからだ。

だが、伊那谷では白いまんまなど祝儀不祝儀の折に供されるだけだ。

交代寄合伊那衆の一家座光寺家でも内情は一緒だった。なにしろ千四百十三石の禄米で山吹陣屋と江戸藩邸の暮らしを支え、かつ、参勤交代を強《し》いられるのだ。贅沢が出来るわけもない。

伊那衆三家、信濃阿島《あじま》二千七百石知久《ちく》家、信濃伊豆木《いずき》千石小笠原《おがさわら》家、座光寺家は領内の統治権を有し、領民との付き合いも広く、山には隠し田がわずかだがあり、山菜も採れた。さらに十数年に一度、材木を切り出し、売ることもできた。これらの収入が伊那衆の矜持《きょうじ》を支えてきたが、普段の暮らしがつつましいことに変わりはない。

朝から一汁一菜に麦飯が食べられるのだ、なんの不満もなかった。

左京は三杯お代わりして箸を置いた。

「左京どのはなんとも麦飯を美味《おい》しそうに食べられますな」

と列が感心した。

「列様、朝から二刻も木刀を振り回しておられるのです、お腹も空きます」

文乃が応じた。

「左京どのは剣術の稽古がお好きか」

「養母上、剣は武家の嗜《たしな》みにございます。事が起こったときのために、われらは野良《のら》仕事をすることもなく、商いにも手を染めることのない暮らしを許されております。異変に際して表芸が使えぬではお天道様にも上様にも申しわけございませぬ」

「ほんに左京どのの申されるとおりですが、武家方はとっくに表芸を忘れておられます」

左京は姿勢を改めて列に言い出した。

「養母上、願いの儀がございます。お聞き届け頂けませぬか」

「座光寺家の主はそなたですぞ」

「いえ、それがしは養母上の許しを得て考えを行動に移しとうございます」

「さて、その願いの筋とはなんでございますな」

「過日、北辰《ほくしん》一刀流の千葉周作《ちばしゅうさく》道場に都野《つの》の案内で参りました。出来ることなら、千葉道場に入門いたし、稽古に励みたいのでございます」

左京の脳裏には老いた千葉周作の相貌《そうぼう》が浮かんでいた、周作の健在のうちに少しでも教えを乞《こ》いたい、その一念があった。

「そのようなことを決するになんじょう母の許しが要りましょうか。なあ、文乃」

「列様の申されるとおりにございます」

文乃も賛同した。

「ならば引田武兵衛に入門することを伝えます」

「それがよい」

と笑みを浮かべた列が、

「左京どの、そなたは伊那から出府したゆえ、剣術の稽古着も防具もございますまい。屋敷にあるのはそなたの身丈に合うとも思えませぬ。いえ、そのようなものが用意されていたかどうか」

と列が小首を傾げ、文乃を見た。

「列様、お任せ下さい」

文乃がぽーんと胸を叩いた。

「文乃、あまり立派なものは駄目ですよ。わが座光寺家の内所にあったものをな、お願い申しますぞ」

文乃の実家は江戸でも名高い武具商甲斐屋佑八だったのだ。

「義母上、竹刀など取り揃えるほどの金子は左京、持っております」

「それはな、道場の束脩《そくしゅう》にとっておきなされ」

と列が命じた。

昼下がり、左京は文乃を従え、屋敷を出た。

江戸家老引田武兵衛に千葉周作道場への入門を告げると、

「もはや座光寺家の処遇を決断するのは左京様一人にございます」

と応じたものだ。

「左京様、やはり屋敷を出るとほっとしますね」

語りかける文乃の声音が軽やかだった。

二人の頭上には青く、乾いた空が広がっていた。だが、空気は冷たかった。

もはや牛込御門《ごもん》外界隈《かいわい》にはあまり安政の大地震の爪痕《つめあと》は見られなかった。だが、屋敷の中から金槌《かなづち》の音が聞こえてくるところを見ると武家屋敷のあちらこちらで破壊の跡を修繕しているようだった。

「文乃、気にならぬか」

「気にならぬかとは、どういうことです」

文乃が無邪気にも顔を向けた。白く丸い顔はなんの疑問もないように見受けられた。

「座光寺家の主が家臣の一人に、それも下士にとって代わられたのだぞ」

「湯殿では座光寺左京為清になりとうてなったのではない、めぐり合わせよ。だが、なった以上、主を全うしたいと潔い返答をなされましたな」

「文乃、心の中ではそう決断致した。だが、二十一の年まで本宮藤之助で生きてきたのだ。そうそう簡単に座光寺左京為清にはなりきれぬ」

文乃はしばし言葉を迷ったように沈黙した。

「左京様、私は座光寺家になにがあったのか知りませぬ。ですが、藤之助様はそれを承知なされて左京為清様として生きていく道を選ばれました。これからも迷うことがあるやもしれませぬ。ですが、それを口にしてはなりませぬ」

「文乃、そなたゆえ迷う心の中を吐露したまでじゃ、だれに言えるものか」

「文乃だから心の中を見せられましたか」

「いかにも」

「なぜでございますか」

「なぜと問うか」

左京はふいを衝かれたように押し黙った。

「なぜであろうな。そなたと湯殿で会ったときから他人のような気がせぬのだ。物心ついたときからそなたを承知していたような気になったのだ」

「左京様、それは文乃と左京様が前世から赤い糸で結ばれているからですよ」

文乃はあっさりと言った。

「赤い糸で文乃と結ばれておるのか」

「はい」

文乃の返事は平然として迷いがない。

「これからもなにか迷われたとき、文乃を信じてお吐き出しなさって下さい」

「頼もう。左京為清、迷い迷い、道を歩くことになろう」

文乃が路上で左京の手を摑《つか》み、指を絡めた。

「また約定か」

「文乃だけに迷いを打ち明けるのですよ」

と言った文乃は、
指きりげんまん嘘ついたら針千本呑ます
と叫んで絡めた指を上下に振った。

「お嬢様、通りの真ん中でなにをなさっているんですか」

と小僧則吉《のりきち》の声が響いた。

いつの間にか二人は麴町二丁目の南角に大きな店を構える甲斐屋佑八の前に来ていたのだ。

「あら、則吉、元気」

「お嬢様は相変わらず大胆ですね」

「なにが大胆なの」

「表で若い殿方と指きりなんてする娘はいませんよ」

「私は隠れてこそこそしない性質《たち》なの」

と平然と言い返した文乃は、

「番頭さん、ただ今」

と店に入っていった。

「おや、お嬢様、本日はなんぞ御用でございますな」

と帳場格子に座った番頭の篤蔵《とくぞう》が眼鏡越しに左京を見た。

「篤蔵に紹介するわ。こちらの殿方は座光寺左京為清様」

「はっ」

と篤蔵が驚きの顔をした。

「過日はたしか本宮藤之助様と名乗られましたな」

「あら、番頭さんたら呆《ぼ》けちゃったの。私、そんなお方をお連れしたかしら」

「なんと申されますな。この篤蔵、呆ける年ではございませぬ。なにより藤吉と名を変えて、うちの手代に化けた本宮藤之助様を高家肝煎品川式部大夫様の屋敷に同道しましたぞ」

「それが呆けたというの」

文乃は帳場格子にさっと寄ると篤蔵に長いこと耳打ちしていた。

その間、左京は平然と店の中を見回していた。

長い時間が過ぎて、ちらちらと篤蔵が左京を覗《のぞ》き見て、大きく首肯《しゅこう》した。

「おや、ほんに甲斐屋の篤蔵としたことが勘違いをしておりましたよ。座光寺左京様、甲斐屋にようこそお出《い》で下さいましたな。文乃お嬢様に聞けば、この度《たび》、千葉周作先生の道場にご入門なされるそうな。かようなご時世、心がけが宜《よろ》しきことです。稽古着、防具、木刀、この篤蔵が吟味して、お嬢様がご奉公するお屋敷のご当主様に恥をかかせるような真似は万々致しませぬぞ。お任せ下され」

と店じゅうに響き渡る声で言った。

それから半刻後、千葉道場に入門する道具類が左京の前に並べられていた。

「胴には座光寺様の家紋を入れたいものですな。それは他日のこととして本日は無紋でお願いします」

「それはよいが、このような立派な道具では値が張ろう」

「左京様、殿様はそのようなことは気になさらないものです。列様からお代はお預かりしてございます」

と文乃が言い切った。

三

篤蔵が文乃に代わって付き添い、お玉ヶ池の千葉周作道場の門を潜《くぐ》ることになった。入門を願うくらい一人で行けると遠慮する左京に、

「いえ、この篤蔵、周作先生とは長年のお付き合いにございます。近頃、体を壊して道場にも出ておられぬと聞いてな、心配しておりました。よい機会です、お見舞いがてら左京様の入門を口添えしとうございます」

と篤蔵が答え、文乃までが、

「篤蔵、それがいいわ、そうして下さいな」

と頼んだ。

大の大人が付き添いがあって剣術道場に入門かと左京は困惑の体《てい》を見せた。

「左京様、ご迷惑そうね」

「ご親切は重々感じておる」

「そうではございませぬ。左京様はすでに一度都野様のご案内で千葉道場を訪ねられ、試合までなさったそうな。その折、本宮藤之助様とお名乗りではございませぬか」

と文乃が問い、左京が、

「いかにもさようであった。これは迂闊かな、どうしたものか」

「だから、うちの古狸《ふるだぬき》がいくというのよ」

「お嬢様、私は甲斐屋の古狸ですか。たしかに小僧の折から奉公して早や四十年に近い歳月が過ぎましたがな、古狸とはまた遺憾にございますぞ」

「古狸が嫌なら古狐《ぎつね》と呼ぶ」

「お嬢様にかかってはこの篤蔵もかたなしですな。ともかく周作先生とは昵懇《じっこん》です、左京様のことを私の口からお願い申し上げるのがよかろうかと考えました」

「考えが至らぬことであった。いかにも本宮藤之助と名乗り、稽古試合とはいえ師範の村木埜一《むらきのいち》どのと立ち合いまでした人間が、此度《こたび》は座光寺左京為清と名乗って入門を願うとなれば、千葉先生を始め、道場の方々に不審を持たれよう。篤蔵どの、よしなにお願い申そう」

篤蔵は小僧に新しい防具を持たせ、自分は病気見舞いの風呂敷包みを抱えて、麴町からお玉ヶ池へと下っていった。

「左京様、災禍《さいか》の如《ごと》き運命をようも受け入れられましたな」

「それが身どもに課せられた宿命《さだめ》なれば致し方あるまい。伊那谷で一生を過ごすよりは面白かろう」

「いえ、その覚悟なればおのずと左京様の道は開かれます」

篤蔵が保証した。

千葉道場では今日も大勢の門弟たちが稽古をする声が聞こえた。

篤蔵は小僧を道場の玄関前に待たせ、左京を伴い、千葉家の居宅の内玄関へと回った。ものの慣れた様子はいかにも千葉周作と昵懇の付き合いがあるように見受けられた。

「御免下され」

と訪《とぶら》いを告げると、はい、と女の声がして老女が出てきた。

「せつ女様、お久しぶりにございます。周作先生がお体を壊されたと風の噂にお聞きしてお見舞いに参じました」

刀自は周作の内儀のせつ女であった。またせつ女は剣術家浅利《あさり》又七郎《またしちろう》の姪《めい》でもあり、江戸の剣術界に精通した女性であった。

「これは甲斐屋の番頭どのではござらぬか。お見舞いとは恐縮です。若い頃の無理が今になって響いてきたか、どうも気力がないと申し、奥でごろごろしております」

「せつ女様、体を休めよと剣術の神様のお告げにございますよ。甲斐屋とは長年の付き合いの百姓が今朝方、地鶏の卵を持ってきてくれました。これを食べてお元気になられて下さいな」

と風呂敷に包んだ見舞いをせつ女に差し出した。

「それは恐縮」

せつ女が受け取り、その重さに訝《いぶか》しい顔をしたが、

「周作に聞いて参りますでお待ちを」

と奥へ姿を消し、直ぐに戻ってきた。

「周作が礼を申したいそうな。篤蔵どの、連れのお方も上がって下され」

「お体に障《さわ》らぬようお顔だけ拝見して参ります」

篤蔵が答え、左京を振り見た。

千葉周作は座敷の一角に敷かれた寝床に半身を起こして、文《ふみ》でも書いていた様子だった。硯《すずり》や筆が寝床のかたわらに散乱していた。

部屋には二つほど火鉢が入れられ、綿入れまで羽織る姿は周作の体調が決してよくないことを示していた。

「篤蔵、すまぬな。鶏卵ばかりか見舞いの金子まで頂戴して」

周作のしわがれ声が礼を述べた。そして、左京の面体を見て、不審の表情をとった。

「周作先生、お内儀とも話しましたが、しばらく体を休めよと天がお示しになっているのです。そのようなときはじっとしているにかぎります」

「篤蔵、そなたとは江戸に出て以来の付き合いじゃな。己の体は己が一番よう承知じゃあ」

と答えてその話題を避けた周作は左京に再び視線を移し、

「連れの若者に覚えがあるが」

と篤蔵に聞いた。

「周作様、本日はどうしても周作先生の入門のお許しを得たく、この若者を伴いました」

と篤蔵は周作の問いには答えずそう説明した。

「過日、当道場に参られ、師範の村木と立ち合った伊那衆座光寺家の本宮藤之助どのであったな」

病んだ周作の眼光が鋭さを帯びて左京を見た。

「それにございますよ」

と身を乗り出した篤蔵が、

「本宮藤之助は身罷《みまか》りましてございます」

「身罷ったとな、ならばこの者はだれか」

「座光寺左京為清様にございます」

「なんと申したな、篤蔵」

周作が視線を左京の面体に預け、篤蔵に問い直した。

「周作先生、これにはむろん理由《わけ》がございます。その理由をと問い直されれば、この篤蔵とて仔細《しさい》は知りませぬ。ただ交代寄合座光寺家と家康様との間に交わされた古き約定が今も生きておることと聞き及んでおります。ともあれ、この若者は自ら望んだわけでもなく、座光寺左京為清として生きねばならぬ宿命《さだめ》を負わされたのでございます」

篤蔵の言葉に周作が瞑想した。そして、両眼を開いたとき、

「座光寺家はたしか高家肝煎から養子を迎えられたはず、その養子どのは遊興に溺れ、所領地の伊那谷を訪ねたことがないとも聞いた。どうやら事情はそのへんにありそうな」

と呟《つぶや》いた周作が、

「座光寺家は交代寄合衆でも異例な代替わりのお目見の習わしをお持ちとか。左京どのはお目見を済まされたか」

「いかにも今月朔日《さくじつ》に家定様とのご面会をお済ましになられました」

「それは重畳《ちょうじょう》、家定様がお認めになった座光寺左京為清様、だれが身分に文句をつけるものか。のう、左京どの」

と周作が顔を和ませると左京は両手をついて、

「千葉先生、座光寺左京為清、北辰一刀流玄武館《げんぶかん》道場への入門お願い申します」

と平伏した。

「どうやら千葉周作の持つ最後の弟子になりそうだな」

と言った周作が手を打つと、せつ女が姿を見せた。

「すまぬが道場から道三郎《どうざぶろう》を呼んでくれ」

と周作の後継を託されていた三男の道三郎光胤《こういん》をこの場に呼んだ。

左京は篤蔵の助勢なくば、玄武館道場への入門など叶《かな》わなかったなと内心冷や汗を掻いていた。

廊下に足音がして稽古着姿の道三郎が姿を見せ、

「父上、お呼びですか」

と廊下に座した。そして、その視線が自然と左京にいった。

「おおっ、そなたは」

「道三郎、座光寺左京為清どのが北辰一刀流への入門を願っておられる。長年世話になった甲斐屋の口利き、許そうと思うがいかに」

「座光寺家のご当主にございますか」

「いかにも、訝しいか」

道三郎は左京と村木埜一の立ち合いの審判を務めた人物だ。当然、目の前の人物を座光寺家家臣本宮藤之助と承知していた。

「そなたが承知の人物は身罷ったそうな」

「瓜二つの人物を父上、交代寄合座光寺左京為清どのと申されますか」

「道三郎、旗本諸家にはわれら剣術家が思いもつかぬ奉公が隠されておる。こちらにおられる座光寺為清どのは家定様とのお目見を済まされた」

「となればわれらが不審をもつ謂《いわ》れもなし」

「いかにも」

と答えた周作が、

「道三郎、もはや北辰一刀流千葉道場はそなたの手に移っておる。だがな、この座光寺左京為清の弟子入り、周作預かりとせよ」

「父上の門弟と申されますか」

「それがよかろう」

周作はなにか隠された使命を負わされたと思える座光寺家のことで後々千葉道場に迷惑など掛からぬように自らの弟子にすると倅《せがれ》に命じたのだ。

「承知しました」

と畏まった道三郎が左京に向き、

「座光寺どの、入門はなった。道場に参られよ」

と誘った。

左京に束脩など言い出す暇《いとま》もない。

「道三郎先生、よしなにお願い申します」

と願って頭を下げ、道三郎が頷いた。

左京は篤蔵を周作の許《もと》へ残して、道場に向かった。

「本日、稽古の用意をなされて来られたか」

「はい」

「ならば着替えられよ」

左京は道場の玄関に待つ甲斐屋の小僧から防具、竹刀、稽古着を受け取り、過日都野に案内された控え部屋で真新しい稽古着一式と防具を身につけ、面頰《めんぽお》と竹刀を持って道場に出た。

見所には周作が弟子たちに助けられて座に就くところだった。

稽古をしていた二百人からの門弟の間に、

ぴーん

とした張り詰めた緊張が走った。

幕末にあって玄武館を率いる千葉周作成政《しげまさ》の武名は別格であり、生きながら伝説の剣客であった。巷《ちまた》では、

「位の桃井《もものい》、技は千葉、力は斎藤《さいとう》……」

と鏡新明智流《きょうしんめいちりゅう》の桃井春蔵《しゅんぞう》、神道無念流《しんとうむねんりゅう》の斎藤弥九郎《やくろう》と千葉周作を並び称した。だ

が、剣術界に与えた影響、その錚々《そうそう》たる門弟衆からいえば周作が三剣客の中でも抜きん出た存在といえた。

その周作は晩年を迎えようとしていた。

左京は見所の下の床に座し、周作が脇息《きょうそく》に半身を委ねるのを見た。驚いたことに篤蔵も見所に招かれていた。

それを見た師範の一人が、

「止《や》めい！」

と一時稽古を中断させた。

門弟たちが左右に壁に引き下がり、面頰を外して正座した。

道三郎が周作を見た。周作は頷き、脇息から上体を起こし、姿勢を正すと、

「皆の者に申し聞かせる」

と言い出した。

「玄武館の運営はすでに道三郎に移っておるのは皆が承知のことだ。周作の病《やまい》が癒《い》えればまた周作の手にと考えておる仁《じん》もおるやもしれぬが、もはや剣術家千葉周作成政の寿命は尽きた」

道場に静かな驚きが漣《さざなみ》のように起こった。

「本日をもって千葉道場玄武館の主は二代目道三郎光胤である」

道三郎が唐突の二代目譲位宣言に父の顔を見た。

周作はせつ女との間に四男一女を授かった。

長男の秀太郎《しゅうたろう》は剣才に恵まれていたが安政二年のこの年、肺病で亡くなった、三十一歳の若さであった。長女のきんは十七歳で水戸家の家臣に嫁《か》していた。

次男の栄次郎《えいじろう》は周作の倅の中でも剣の天分を謳《うた》われ、その動き敏捷にして軽業《かるわざ》剣法と称された。

三男が道三郎だ。剣技に優れていたが栄次郎の陰に隠れて名声を得なかった。

四男の多聞四郎《たもんしろう》は幼き折に水戸公の前で演武を披露し、将来を嘱望されたが秀太郎と同じく肺病で斃れた。

周作は地味な存在の道三郎に後事を託した。

「道三郎、ちと驚かしたかもしれぬがよい機会だ」

道三郎は小さく頷いただけだ。

その顔には玄武館を背負う緊張が漂っていた。

「安心致した」

と周作が呟くと、

「今ひとつそなたらに申し残そう。周作、ちと気紛れを起こし、その者を門弟に取った」

と視線を左京に向けた。

二百余人の門弟の大半が村木師範を立ち合い試合で打ち破った若者を承知していた。

「交代寄合衆座光寺左京為清どのだ。周作の最後の弟子、よしなに頼む」

左京は思いがけない言葉に周作に平伏し、さらに門弟衆に深々と頭を下げた。

門弟たちの間にも訝しい空気が流れた。

「左京、そなたは周作が取った最後の弟子じゃあ、伊那衆の気概、玄武館に披露せえ」

周作が格別に弟子入りを許した左京にその技を見せよと迫った。

左京に迷う暇はない。

「しばしお時間を」

左京は一旦控え部屋に戻った。防具を外し、竹刀を藤源次助真に変えて、道場に戻った。

再び見所下に座した左京は周作と道三郎に軽く頭を下げ、固唾《かたず》を呑んで一挙一動を見守る門弟衆に会釈した。

過日、本宮藤之助として師範の村木埜一と立ち合った本宮藤之助は信濃一傳流を名乗り、上段の大きな構えから迅速の木刀捌きを見せた。

再びあの動きを見せれば座光寺左京為清は本宮藤之助と同一人物ということになる。

左京は、

「御免下され」

と呟くと道場の中央に出た。

見所に向かい、正座すると一礼した。

しばし呼吸を整え、悠然と立ち上がった。

腰に一剣、藤源次助真を差した。

「信濃一傳流奥傳正舞四手従踊八手、その序にございます」

師の片桐朝和神無斎が座光寺家の墓前で相伝した技前の序を左京は披露して千葉周作の厚意に応えようとしていた。

（師よ、力を貸して下され）

と胸の中で念じた。

拙《つたな》き芸とは承知していた。

だが、それで応えるしか術《すべ》がなかった。

朝和が見せたのは古来からの舞踊の真髄を剣技に変えたものだ。

舞とは回転であった。

踊とは跳躍を意味した。

信濃一傳流の表芸が戦国往来の実戦剣法と朝山一伝流の合体からなり、

「太刀風迅速を尊んだ」

のに対し、奥傳は緩やかな動きの中に剣の極致を得ようとしていた。

腰を落とした左京が助真を抜き放つと正舞四手を悠然と演武した。

周作は左京為清が過日とは全く剣風の異なる動きを見せたことに驚愕《きょうがく》し、

「信濃一傳流」

の奥深さを感じていた。

能楽の達人が舞う動作にも似て、左京の動きに一分《いちぶ》の遅滞も緩みも見られない。

左京は剣身一如の緩やかな動きで玄武館道場の空気を完全にわがものとして摑んでいた。

(驚くべき冴えかな、動きかな)

周作は悠揚迫らぬ動きに無限の空間と悠久の時の流れを感得していた。

正舞四手から従踊八手に移り、左京は長身を虚空へと飛翔させたがそれは無音の中に行われた。

正舞四手従踊八手の序の演武を終えた左京が元の座に戻ったとき、玄武館は粛然とした空気に包まれた。

左京は、師片桐朝和が願いを聞き入れて、動かしたと、悟っていた。自分の力ではないのだ、と肝に銘じた。

「座光寺為清、見事かな。そなたはすでに剣客として独自の世界を持っておる。北辰一刀流からなにを学びとるか、そなた次第である」

「有り難きお言葉にございます」

周作が最後の力を振り絞るように門弟を見回し、聞いた。

「座光寺為清の入門に異存の者はおるか、おらば申し立てよ」

病の身を押して道場に出てきた周作自身の問いにだれが異存など唱えられよう。粛然として声はなかった。首肯した周作が、

「左京が北辰一刀流から学ぶようにそなたらも信濃一傳流から他芸の技前を盗め、会得せよ」

と最後に言い残すと脇息に手をかけ、立ち上がろうとした。

体がよろめき、弟子と篤蔵が周作の体を支えて奥へと消えた。

四

この日から座光寺左京為清として門弟の一人に受け入れられた。周作が直々《じきじき》に入門を許したのだ、異存を申し立てる者などはいなかった。だが、何百人もが通う門弟の中には、

「高々《たかだか》交代寄合千四百石程度の旗本の入門にしては仰々《ぎょうぎょう》しいな」

と不審を感じた者もいた。むろんその不審を口にすることなどなかった。

ともあれ左京は玄武館の門弟の一人として、その日から打ち込み稽古に汗を流すことになった。

左京に最初に声をかけたのは師範の村木埜一だ。

「座光寺どの、お相手願おう」

「師範、それがし、本日入門を許された新参者にございます。座光寺と呼び捨てにして下され」

「お望みならばそう致そうか」

二人はすでに互いに実力を知った仲だ。だが、村木はこの日が初めての立ち合いのように付き合ってくれた。それを皮切りに次から次へと稽古相手が変わり、稽古が終わった刻限には道場の内外にいつの間にか夕闇が迫っていた。

最後まで道場で稽古を続けたのは四十人ほどか、井戸端で汗を流していると村木が、

「座光寺、帰りに一献《いっこん》致さぬか。そなたの入門祝いだ」

と笑いかけた。

「師範、それがしの入門祝いをして下さるのですか。恐縮にございます」

「なあに、それは口実、酒好きが集まり、安直な飲み屋で飲み食いするだけの話よ」

「お願い申します」

玄武館前に顔を揃えたのは千葉道場でも古参の面々七人で、出かけた先はお玉ヶ池を少し離れた、通旅籠町《とおりはたごまち》の裏手にある煮売り酒屋の魚寅《うおとら》だった。

「魚寅は先代までは棒手振りで魚を売り歩いていたのだ。それが出世して間口二間、一国一城の主になった。この者は二代目の魚寅だ」

と村木が大声で説明すると捻《ねじ》り鉢巻《はちまき》の魚寅主人が、

「ありゃ、お玉ヶ池の棒振りが大挙してきたよ、今日は商いにならねえや。飲み食いするばかりで付けは一向に払おうとはしないからね」

「魚寅、常々《つねづね》申しておろう、われらが出世致さば付けの何十倍にもして返して遣《つか》わす」

「当てにせず待ちましょう」

と仏頂面《ぶっちょうづら》でいう口の端《は》から、

「この寒さだ。鮟鱇《あんこう》があるが鍋に仕立てるかい、村木様」

と聞いた。

「鮟鱇鍋か、よいな。ともあれ、熱燗《あつかん》を願おう」

入れ込みの板敷きに八人が車座に座り、小僧が直ぐに酒を運んできた。

「玄武館の門弟衆、熱燗四本！　器は茶碗にて馬方酒《うまかたざけ》にございます！」

と店じゅうに響き渡るほど声を張り上げた。景気づけだ。

「馬方酒か、よいよい。まずは一献」

村木が左京に酌《しゃく》をしようというのを、

「今宵はそれがしがお酌を務めます」

と左京は七人の門弟たちに酒を注いで回った。すると、

「それがし、藤堂家家臣都築鍋太郎《つづきかたろう》」

とか、

「御米蔵《おこめぐら》同心上野権八郎《うえのごんぱちろう》」

とか口々に名乗った。左京は一々挨拶を交わしながら酌を終えた。

「まあ、飲もう」

村木の音頭で熱燗の酒を口に含むと稽古で汗を流し、喉《のど》がからからに渇いていたところに酒が入って五臓六腑に染み渡った。

「たまらん、これがあるで猛稽古にも辛抱できる」

村木は酒好きと見えて相好《そうごう》を崩していた。玄武館で十指に入るという猛者《もさ》師範の顔は消えていた。

「座光寺どの、それにしてもそなたの信濃一傳流、奥が深いな」

と言い出したのは旗本酒井《さかい》家の次男坊栄五郎《えいごろう》だ。部屋住みの身でどこかいい養子口を捜しておると公言する栄五郎は集まった面々の中でも一番左京に近い若さで、二十三、四歳か。

「周作先生のお言葉ゆえ披露しましたが拙い技にございます」

「いや、過日、村木先生と立ち合われた技も大きかったが、今日の奥傳もなかなかのものであった」

「栄五郎、そなた、もう酔ったか。おれは座光寺当主と立ち合うたことなどないぞ」

「これはしまった。いかにもさようでした」

車座の中に七輪が据えられ、土鍋がかけられて味噌仕立ての鮟鱇鍋がぐつぐつ煮え始める頃にはもはや左京を、
座光寺どの
などと形式ばって呼ぶ者はいなくなっていた。

「こら、座光寺、栄五郎は信濃一傳流の弟子になってやってもいいぞ。おれにおまえの技を教えろ」

などと喚《わめ》く者ばかりになった。

一刻半ほど存分に飲み食いした。

「魚寅、また来る」

「村木様、この次、来られるときはいくらか懐《ふところ》に入れてきてくんな」

「覚えておこう」

左京は最後に座を立った。すると魚寅が、

「おまえ様を出しにただ酒をまた飲まれたってやつだ」

と魚寅が苦笑いした。

「亭主、実に旨《うま》かった」

「それはようございました」

「三両ほどを置いておこう」

左京は玄武館の入門料として用意していた三両を魚寅に差し出した。

「このようにざっかけねえ飲み屋だ。飲み食いに三両もかかるものか」

「ならばこれまでの師範方の付けに回してくれぬか」

「承知しました、座光寺左京様よ」

ぽーん、と胸を叩《たた》いて魚寅が受け取った。

住み込みの師範村木埜一ら数人を玄武館に送り、牛込御門へと上がるのは酒井栄五郎と二人だけになった。

「酒井様のお屋敷はどちらですか」

「座光寺、酒井様は止めろ。栄五郎で十分だ」

「玄武館では先輩ですからね、呼び捨てはどうも」

「座光寺氏、酒井様と呼び合うか。馬鹿馬鹿しいわ。栄五郎と呼べ」

「ならば御命ゆえそう呼ばさせてもらいましょう」

「おう、おれの屋敷は御留守居町《おるすいまち》よ」

「御留守居町ですか、江戸に疎《うと》いからな。どこです」

栄五郎が御留守居町といった辺りは正確には牛込御留守居町という。富士見町五丁目から六丁目の境目付近だがその由来は判然としない。

「おまえの屋敷は牛込御門外、おれの屋敷は牛込御門内だと思え」

「そう遠くはございませんな」

「おう、座光寺の屋敷に寄せてもらうぞ。こっちは部屋住み、時間を持て余した人間だ」

二人は一夜にして胸襟《きょうきん》を開き、左京は栄五郎の指図に従い、武家屋敷を右に左に曲がった。

「おれはな、そなたを水戸家に剣術指南に出ておられる栄次郎さんと立ち合わせてみたい。周作先生の倅の中ではまず栄次郎さんが一番抜きん出た腕前だからな」

「お会いしたとき、ご指導を願います」

「ご指導ではない。立ち合いだ、まず互角と見た。勝負はその場の勢いかな」

「大それた考えは左京持ち合わせておりませぬ」

「伊那谷の山猿が未だ性根を隠しておるわ。そうであろう、左京」

栄五郎がわざと絡んでみせた。

「栄五郎、そのようなことはないぞ」

「そうかのう」

ほれ、その辻を右に曲がれと栄五郎が命じ、二人は大きな通りに出た。

「山猿、おぬしの屋敷はこの通りを右に下る。一丁もいけば牛込御門に出る。おれの屋敷はほれ、そこだ」

と栄五郎に指差された屋敷の門構えは、二千石格はありそうな立派な両番所付の長屋門だった。

「父上の御役職はなんでございますな」

「御側衆《おそばしゆう》だ、禄高は三千百石。だが、部屋住みには三千百石も三十俵五人扶持《ぶち》も関係ない。さて……」

と言った。

「左京、ちと力を貸せ」

と言い出し、表門を外して裏門へと回った。

「なにをなされるので」

「静かにせぬか。部屋住みが大手を振って屋敷に戻れるものか。塀を乗り越える。そなたの肩を貸せ」

と言うと栄五郎は草履《ぞうり》を脱いで懐に入れた。

左京は両手を塀にかけて腰を沈め、頭を下げた。

「御免」

栄五郎がするすると背を伝い左京の肩に乗り、築地塀《ついじべい》に上がった。そして、塀の上から、

「今宵は楽しかったぞ。馳走になったな」

と笑いかけ、屋敷へと飛び降りて姿を消した。

左京はなんとなく江戸で生きていく自信を得て、無人の屋敷町の塀の下で微笑んだ。

御留守居町の通りに戻り、牛込御門に向かった。

牛込御門を抜けて堀を渡った。

神楽坂《かぐらざか》に差し掛かったとき、闇がさわさわと動いて監視の目があることを左京は知った。

神楽坂は古くは揚場坂《あげばざか》と呼ばれていた。坂の北側は武家屋敷、南は牛込牡丹《ぼたん》屋敷など町家があった。

この坂の中ほどに穴八幡神社の御旅所が、さらに坂上には毘沙門天《びしゃもんてん》を祀《まつ》る善国寺があった。

坂の長さは上がり一丁、勾配三丈七尺、道幅は下四間半、上にいくほど広く六間に変わった。

穴八幡の御旅所になる以前から穴八幡の祭礼の日に神楽を奏したことからこの名に変わったと伝えられる。また牛込御門内の築土《つくど》明神の神輿《みこし》が揚場坂の途中で上がらなくなり、そこで供物を供えて神楽を奏したことから神楽坂に変わったとも言われている。

左京はゆっくりとした歩調で坂を上がった。

村木たちに付き合って茶碗酒を口にしたが酔うほどに飲んだわけではない。もはや醒《さ》めかけていた。

坂の途中、穴八幡の御旅所から姿を見せた者たちがいた。浪人ではない、かといって屋敷奉公の武家とも違った。絹物の羽織を身につけた風体《ふうてい》から町道場の主と出入りの門弟たちと考えられた。

左京は足を止めた。

「なんぞ御用かな」

「座光寺為清と名乗る伊那の山猿か」

「ほう、それがしのことを承知で待ち受けておられたか」

「そなたの命、貰《もら》い受けた」

「こちらには命を差し出すほどの覚えがない」

「山猿が交代寄合に変じた経緯《いきさつ》を考えよ」

「ほう、となると高家肝煎品川家から頼まれた刺客にございますか」

「覚えがあろうが」

と相手がずいっと左京の前に出た。

「ご流儀はいかに」

「馬庭念流大木戸《まにわねんりゅうおおきど》道場主石黒平次房朋《いしぐろへいじふさとも》」

「それがしの名はご存じのようだ」

「流儀は信濃一傳流とか申す在所の棒振り剣法であったな」

左京はもはや答えず腰の一剣、藤源次助真を抜いた。

高家とは幕藩時代、大名とは区別して家柄高い名族をこう呼んだ。

その高家とは吉良《きら》、畠山《はたけやま》、織田《おだ》、六角《ろっかく》、石橋《いしばし》、品川の諸家でその中でも家柄抜群の三家を肝煎と称した。

その職掌は朝廷への使節、日光への御代参、勅使、朝臣参府の折の接待、柳営礼式の掌典などで、将軍家に近く、官位で四位中将に任じられていたから大半の諸侯よりも上位に位《くらい》した。

高家肝煎品川家はそれだけに権勢を誇り、猟官運動に訪れる、大名旗本諸家の留守居役などでいつも門前市《いち》をなしていた。

先代左京は品川式部大夫倖信《ゆきのぶ》の三男で、座光寺家の後継を約束されて養子に入っていた。

その左京は深川三十三間堂で家臣の本宮藤之助と対決して敗れ、数日後、その死体は海辺新田の葦原《あしはら》で発見されていた。

座光寺家に一旦引き取られた遺骸《いがい》は品川家に戻された。その亡骸《なきがら》に付き添ったのは片桐朝和だ。

左京は品川家とどのような問答がなされたか一切知らされなかった。

すべては品川家当主倖信と朝和二人の胸の中に仕舞《しま》われた。

推測するに品川家でも大地震の夜に吉原の遊女と二人して妓楼《ぎろう》の金子を持ち逃げした事実があり、表立って座光寺家に強く出られなかったのではないか。

だが、三男左京が斬殺死体で戻された恨みは自尊心の強い高家肝煎品川式部大夫倖信の胸の中に深く刻み込まれているはずだ。

家定とのお目見を済ませた当代の左京為清に憎しみの刃《やいば》が向けられることは想像されたことだ。先にも矢を打ち込まれ、不逞《ふてい》の浪人らの襲撃を受けていた。

「お相手仕《つかまつ》る」

左京は抜いた助真を頭上高く突上げた。

石黒平次は悠然と門弟か剣友か、仲間に顎《あご》を振って合図した。

石黒の他に刺客は四人、石黒の左右から二人ずつがすでに抜き放った剣を連ねて、左京を半円に囲んだ。

反対に石黒は後退して、余裕を見せるように羽織を脱いだ。

四対一の対決は四人が地の利を占めて坂上にいた。

だが、坂下の左京が気迫で圧倒していた。

四人には坂下に位置する左京が身の丈七尺にも八尺にも思えた。それは、

「天竜暴れ水」

の構えのせいだ。

信濃一傳流を基に工夫した独創の剣は、気迫において川幅数百間の天竜川も海抜一万尺余の白根岳も赤石山嶺をも呑み込むように構えられた。

そのために夏の炎暑にも冬の雪嵐にもただ木刀を川と山に対峙《たいじ》するように構えて気迫を培《つちか》ってきたのだ。

「おのれ！」

対峙において先手を取られた四人は互いに目顔で合図を交わすと一気に攻めることにした。

「おうっ！」

「そりゃあ！」

中央の二人が気合を発したと同時に左右の二人が不動の左京に飛び込んでいた。左京は二人をぎりぎりまで引き付け、夜空に突上げた剣を二度上下させた。瞬《まばた》きをする暇もない電撃の振り下ろしに二人は眉間と肩を斬り割られ、倒れた。

その直後、左京が自ら動いた。

飛び込んでくる残りの二人の胴を抜いた。

一撃で二人が横手の闇に吹っ飛んだ。

目の前に石黒平次が驚愕の顔で立っていた。まだ剣の柄《つか》に手もかけてない。

「抜かれよ」

左京が呟いた。

そして、血に濡れた剣を虚空へと回し上げた。

その短い時間に石黒は仲間四人が一瞬の間に倒された衝撃から立ち直った。

「信濃一傳流を甘く見ておったな」

自分に言い聞かせるように吐いた石黒が剣を抜くと右肩に立てた。

間合いは二間。

互いが一撃で決まる勝負と察していた。

生きるも死ぬもただ一撃、二撃目はなかった。

ふーう
と石黒が息を吸い、止めた。

互いが生死の境を詰めた。

上段というより垂直に天を突いた助真と八双の剣が振り下ろされた。

刃が交錯し、互いの身に迫った。

左京は存分に踏み込んで腰を入れ、振り下ろしていた。

その刃は冷気を裂いて石黒平次の眉間に一瞬早く到達し、真っ向唐竹割りに斬り下ろしていた。

震撼とする電撃の一撃だった。

石黒が横倒しに神楽坂に倒れ、

どさり

と音を立てた。

左京は闇を見回し、

(品川家が放つ刺客はこれで終わったわけではあるまい)

と考えていた。

第二章　軽業栄次郎

一

左京《さきょう》は夜具の中で雪が悄々《しょうしょう》と降る気配を感じ取っていた。果たして裏庭の稽古場に出てみると五寸ほど積もり、さらに降り続く様子があった。

江戸の雪は伊那《いな》谷の雪と異なり、音もなく舞った。一方、伊那谷に降る雪は天竜《てんりゅう》の上流か高峰の上から、

ひゅっ

という音とともに叩きつけるように降った。

信濃《しなの》国も南の伊那谷に降る雪だ、豪雪、大雪というほどではない。だが、降り方が豪快だった。

左京は稽古着の股立《ももだち》をとり、裸足になって、雪の中に立った。

木刀を突上げて構えると、雪のせいでほの明るい天を感じた。

雪が舞う中に左京が疾《はし》った、動いた。木刀が縦横無尽に振るわれ、止《や》むところがない。降る雪に抗するように左京は一刻半ほど動き続けた。

気がつくと朝が到来していた。

木刀を藤源次助真《とうげんじすけざね》に変えた左京は片桐朝和《かたぎりあさたか》が残した信濃一傳流《いちでんりゅう》の奥傳《おうでん》正舞四手従踊八手の型稽古を繰り返した。

奥傳の十二手は着想そのものが格別秘伝というわけではない、と左京は考えていた。

過日、玄武館《げんぶかん》で披露した理由だ。

だが、修得することは至難だった。

動きが緩やかなのだ。

緩急において急を会得するより緩のほどを身につけることが何十倍も至難であった。腰と足をさらに鍛え上げねば緩の動きは己のものとはならなかった。

朝和は相伝するに際し、

「周りの空気と同化しなされ、乱してはなりませぬぞ」

とも、

「緩やかな動きにございますが、わずかでも遅滞逡巡が見えるようでは奥傳とは申せませぬ。そのような動きは敵にただ裸身を晒《さら》すだけ、命を差し出しているようなものにござる」

とも教えた。

朝和は若き主には告げなかったが本宮藤之助《ほんぐうとうのすけ》時代からすでに奥傳を会得する腰力と想念を有していることを察知していた。あとは型をいかに己のものにするかだけだ。

それには弛《たゆ》まぬ稽古が要《い》った。

助真を滑らかに動かしつつ、身の動きを雪が降る自然に同化させようと左京は没頭した。いつしか雑念が消え、ただ奥傳会得に没入する左京があった。

寒さはもはや感じなかった。

どれほどの時が経過したか。

無念無想の中に人の気配を感じて動きを止めた。

裏庭の一角に傘を差した文乃《あやの》が立っていた。

「左京様、稽古の邪魔を致したようです、お詫《わ》び申します」

左京は未《いま》だ降り続く雪を見て、

「江戸もよう降るな」

「はい。もうお屋敷前では中間方《ちゅうげん》が雪かきをしておいでです」

屋根や塀の上に尺余の雪が降り積もっていた。

だが、野天の道場には左京の稽古のせいで降った雪が踏み固められて、奥傳の動きのままに跡を残していた。

「左京様は能楽をおやりですか」

「能楽だと、伊那谷に演じられるのは田舎神楽の類《たぐい》で能楽など見たこともないぞ」

「ただ今拝見した動きはまるで能舞台が演じられるもののように感じられました。雪を被《かぶ》った白鷺《しらさぎ》でも舞っているようでした」

「雪を被った白鷺か、えらく無骨な鷺であるな」

助真の刃を懐紙で拭《ぬぐ》い、鞘《さや》に納めた。

「弥助爺《やすけじい》が湯を立ててくれました。湯殿で体を温めて下さい」

「朝風呂か、贅沢じゃな」

「貧乏旗本の唯一つの贅沢です。いえ、これはご家老様のお言葉です」

「いかにもそうだな」

左京は飯炊きの弥助が立ててくれた湯を被ると、寒さに凍えた体に痛みが走った。

だが、それはぽかぽかとした温もりへと変わった。

湯船に浸かった左京は、

(至福の一瞬)

を感じた。

五体の先まで血が通うのを感じていると脱衣場で文乃の声が響いた。

「江戸では雪が降ると雪見に出かけます」

「雪見か」

「はい。隅田《すみだ》川の堤、三囲《みめぐり》様、長命寺《ちょうめいじ》が雪見の名所ですが、川向こうはそのような余裕はございますまい」

安政《あんせい》の大地震に江戸が見舞われ、二月《ふたつき》と経ってない。大川の両岸では雪見どころではあるまいと文乃はいうのだ。

「この近くに雪見の名所はあるか」

文乃の声が弾んだ。

「湯島《ゆしま》天神の境内から不忍池《しのばずのいけ》を見下ろす雪景色は江戸一だと申される方もございます」

「雪が止んだら出かけるか。案内せえ、文乃」

「はい」

という喜色の声を残して、文乃の気配が消えた。

若い二人の願いが通じたか、一晩降り続いた雪は間もなく止んだ。

朝餉《あさげ》の後、左京は列《れつ》に断り、文乃の案内で湯島天神に出向くことにした。家老の引《ひき》田武兵衛《たけべえ》が玄関先まで左京を見送りに出た。

用事で手間取っているのか文乃の姿はまだなかった。

「雪見とは風流にございますな」

つい最近まで上役であった引田が言う。

「千葉道場の稽古前に立ち寄るだけだ」

「左京様、決して異を唱えたわけではございませぬぞ。旗本家の当主が風流を解するは大事な嗜《たしな》みにございますでな」

「無風流な話がある」

辺りに人の気配がないことを確かめた左京は、先日来二度にわたり、品川家《しながわ》が差し向けた刺客の襲撃を告げた。

「な、なんと……」

引田武兵衛が両眼を丸くして絶句した。

「品川様と神無斎《じんむさい》様の話し合いで決着が付いたと思うておりましたが」

「考えられたことだ」

「左京様は平然としておられますな」

「品川家の立場を考えれば致し方あるまい」

「刺客の襲撃はこれからも繰り返されますか」

「まず左京を暗殺するまで続こう」

「左京様、これから他出には従者を連れてくだされ」

「だれを連れていくというのだ」

左京の問いに引田が困った顔をして、

「だれを伴おうと左京様の足手まといにございますな」

「刺客の類《たぐい》が出るのは日が落ちてからと決まっておる。昼間はいくら高家《こうけ》肝煎《きもいり》の品川家と申せ、そのような真似はなさるまい」

「いかにも」

と引田が答えたとき、

「お待たせ致して申し訳ございませぬ」

と文乃が姿を見せた。

「文乃、よいな、あまり左京様をあちらこちらと連れ回すでないぞ。人込みを離れるな」

「人込みを離れてはなりませぬか」

「おう、いかにもさようだ」

屋敷前に出てみると朝早くから中間たちが雪かきをしたせいで通りの真ん中に細い道が付けられていた。

左京は先に立ち、その後を文乃が従い、神楽坂へと出た。

雪かきが行なわれているのは坂下までで神田川の土手道は登城する行列が難儀して、雪道がぐちゃぐちゃになっていた。

「文乃、大丈夫か」

「私なればご案じ下さいますな」

と答えた文乃だが、なかなか足の運びがままならず、

「あら」

と驚きの声を上げて転びそうになった。

「文乃、手を貸せ」

「人前で恥ずかしゅうございます」

「町娘がなにを申すか」

左京は強引に文乃の手を引いて土手道をまず水戸家の江戸屋敷まで登った。そこから屋敷町に曲がればまた雪かきが行なわれた通りが延びていた。

菅原道真《すがわらのみちざね》・天之手力雄命《あめのたぢからおのみこと》を祀《まつ》る湯島天満宮は切通坂の南の崖上にあった。

社伝によれば文和《ぶんな》年間（一三五二～一三五六）の創建とされ、文明《ぶんめい》十年（一四七八）に太田《おおた》道灌《どうかん》により再興されたという。

谷中《やなか》天王寺、目黒不動尊とともに幕府公認の江戸三富に数えられ、富籤《とみくじ》の日は江戸じゅうから押しかけてきた人で境内が賑《にぎ》わった。

また台地上に立地するゆえに北側に広がる不忍池から上野寛永寺《かんえいじ》の景色は抜群で錦絵にしばしば描かれていた。

二人はまず社殿で手を合わせ、境内の北側へと立った。

「おう、これは……」

左京は思わず絶句した。

伊那谷の光景は雄大にして雄渾《ゆうこん》、自然そのままだ。

だが、ここからの眺めは自然が生み出した景観に家並が点景を加えて織り成す調和だった。さらに雪が風情を添えて、左京が言葉を失うほど見事なものだった。

「文乃、よいものを見せてもろうた」

「江戸にはまだまだ名所旧跡がございます」

「左京が承知の江戸は地獄の吉原《よしわら》に血腥《ちなまぐさ》い深川三十三間堂くらいだからな」

大地震数日後の吉原に入り、地獄絵図さながらの焼け跡に遂電した旧主を求めて這《は》い回り、三十三間堂ではその旧主と相戦ったのだ。

「年が明ければ大地震のあとも幾分はよくなりましょう。文乃がご案内します」

「そう願おうか」

「先ほどご家老はなぜ人込みを離れるなと奇妙なことを申されたのでございましょう」

「さてのう。寂しき場所に参れば怪しげな者が現れると考えたか、年寄りの考えることと真面目に受け取っても仕方ないわ」

そう答えた左京は、

「江戸育ちです、山伏町の屋敷くらい一人で帰れます」

という文乃を一旦《いったん》屋敷まで連れ帰り、その足で千葉道場玄武館に向かった。

雪のせいか、いつもの半分ほどの数の門弟が道場に集まっていただけだ。数は少なかったが熱心な者ばかりが顔を揃《そろ》えていた。

いつにも増して熱気が入る稽古が続いた。

稽古が終わりに近付いた刻限、村木《むらき》が道三郎《どうざぶろう》に断り、東西勝抜戦を宣言した。

「これから玄武館名物の待ったなしの山試合を行なう。よいか、礼儀は二の次、油断は禁物である。相手を倒せ、倒されるな。倒された者は未熟であったと反省し、倒した相手を恨むでない」

二組に分かれ、左京は西組に入った。

順番が決められているわけではない。素早く飛び出した者が優先された。

審判は村木が務め、道三郎が見分役に就いた。

互いが一礼し合うことなく対戦に入った。

目の前の相手を退けると次の対戦者があちこちから飛び出してきて、即座に対応しなければならなかった。時に斜めから飛び出した者が足がらみに倒して、面を取ることも許された。

その背後には、

「次はおれだ」

とばかりに何人もの門弟が押し合い圧《へ》し合いしていた。

油断も隙も見せられない。

実戦形式の野試合である。

ともかく五感を研ぎ澄まして眼前の対戦者のみならず周囲にも気を配らねばならなかった。実戦剣法を習得するための工夫であった。

東西が勝ったり、負けたりの攻防が続き、左京は三人を立て続けに破った古参の門弟、高橋歳三《たかはしとしぞう》に竹刀を突きつけられ、指名された。

西方二十一番目の出場者だった。

高橋歳三は師範の村木埜一《のいち》と本宮藤之助の対戦を見ていた。さらに周作自身が病を押して入門させた新入りに反感を抱いてもいた。

一泡吹かせようという気概に溢《あふ》れていた。

「お願いします」

左京は一声かけると竹刀の先をぐるぐると円を描くように回しながら、電撃の突きを狙う高橋の正面に飛び込んでいった。

高橋が突きに変じようとした瞬間、長身の左京が振り下ろした竹刀が面に当たり、高橋の腰が砕けて道場に尻餅《しりもち》をついた。

「西方一本！」

前方から同時に四人の門弟が飛び出してきた。

左京は四人の遅速に気を配り、左に飛ぶと踏み込もうとした相手の胴を抜いていた。

高橋と次の対戦者の勝負が決着するまでに寸余の間しかなかった。

右に体の向きを変じようとした左京に三人が一斉に躍りかかってきた。もはや遅速を見分ける余裕はなかった。

左京は咄嗟《とっさ》に天竜暴れ水を使っていた。

一人に体当たりを食らわして体勢を崩し、残る二人に連鎖した面を浴びせて倒すと体当たりを食らわした相手が左京の面を狙って飛び込んできた。

左京は相手の竹刀に竹刀をすり合わせて、間をとろうとした。だが、相手は続けざまの攻撃を仕掛けてきた。

左京は多彩な攻撃を悉《ことごと》く弾き返すと反撃の機会を狙いつつ、次なる相手にちらりと視線をやった。
四、五人の新手が待機していた。
その中に酒井栄五郎《さかいえいごろう》の顔もあった。

左京は眼前の相手と打ち合いながら巧妙に位置を変えた。

弾き返すだけの左京を反撃の余裕がないと見たか、面を狙って竹刀を振り上げた。

その瞬間、左京の竹刀が翻《ひるがえ》って胴が抜かれた。

横に転ぶのを見ながら、栄五郎が、

「酒井栄五郎が相手だ！」

と飛び込んできた。

栄五郎とは正面から互いが技を駆使して打ち合った。

二人して真っ向から攻撃して一本を見事に決めようとしたせいで体をぶつけ合っての打ち合いが続いた。

栄五郎が左京の肩を自分の肩でぽーんと押しておいて、自ら飛び下がりながら左京の小手を狙った。

だが、左京は小手の間合いを与えなかった。

栄五郎に押された左京は直ぐに足を踏み換え、栄五郎の飛び下がりに即応した。間合いが狂わされた栄五郎の竹刀が流れた直後、左京の電撃の面打ちが栄五郎の脳天に決まった。

道場の床に転ばされた栄五郎が手を床に叩いて悔しがるのを見ながら、左京は再び混戦の中にいた。

さらに五、六人を打ち破り、次の相手に低い姿勢から体当たりを決められ、体勢を崩したところをようやく面に打ち取られた。

雪が残る井戸端で大勢の門弟たちが肌脱ぎになって汗を拭っていた。待ったなしの勝抜戦の興奮と高揚がまだそこにいる全員にあった。

「左京、そなたはおれを道場の床に這わしたな。礼儀知らずが」

「礼儀は二の次、相手を倒せと師範は申されました」

「とはいえ、ああもこっぴどく叩きのめすこともなかろう。そなたは十数人も打ち破ったがおれはそなたに倒されて終わりだ。憐憫《れんびん》の情はないのか」

「相すみませぬ」

「致し方ない。信濃一傳流は師範が手こずられた剣術だ、勝つわけもないか」

と旗本御側衆の次男はさばさばと言った。

左京は試合形式の対戦で多くの門弟たちと立ち合い、ようやく玄武館の門弟になったような気がしていた。

「左京、そなたが最初に立ち合った高橋どのは古参の門弟でな、結構執念深いお方だ。そなたを目の仇《かたき》にするやもしれぬ。油断するでないぞ」

と耳打ちした栄五郎に、

「そのようなことを気にしては江戸で生きていけますまい」

と左京が答えた。

「伊那の山猿め、なかなか言うようになったな」

と笑った栄五郎が、

「よいことを先ほど聞いた。水戸から近々栄次郎さんが帰ってこられるそうだ、楽しみじゃな、左京」

と唆《そそのか》すように言った。

二

お玉ヶ池の千葉道場玄武館を出た左京は、屋敷町から神田川柳原土手に下り、浅草御門を通って御蔵前《おくらまえ》通りに出た。

きらきらとした陽光が雪の町に降り注いでいた。

江戸に出たばかりの本宮藤之助が江戸家老引田武兵衛に連れられ、歩いた道だ。その道が昨夜降り積もった雪に覆われて、大地震の被害の跡を隠していた。

あちらこちらに死骸が山積みになり、死臭が漂っていた町からその痕跡は消えていた。だが、半壊した家屋や蔵を片付けたせいで思わぬところから大川の水面が眺められた。

光を反射した流れには大小の船が忙《せわ》しげに往来していた。復旧の歩みは左京が知らぬところで続けられていた。

光が戻ったせいで降り積もった雪が溶け出していた。すでに左京の雪駄《せった》の足元はぐしゅぐしゅに濡れていた。だが、そのせいで足の運びが普段と変わることはなかった。

六尺に近い長身がぐいぐいと前へ進んだ。

雪道に難儀する駕籠《かご》かきが、

「なんだえ、若え侍は《わけ》よ。まるで平地を歩いているようじゃねえか。大方《おおかた》、雪深い在所から勤番《きんばん》に出てきたってやつだねえ」

「先棒、他人様《ひとさま》はどうでもいいや、先に進みねえな」

「進みたくとも足元が滑って足が動きませぬ、伝兵衛様」

「ふざけるなって」

と言い合ったがその問答が終わるころには左京の姿は一丁先を歩いていた。

「まるで天狗様だねえ」

駕籠かきが嘆息した。

大地震の後、幕府の御米蔵《おこめぐら》に火が入り、保管されていた御米が燃えた。その残骸は綺麗に片付けられ、新たに諸国から届けられた年貢米が積まれた御用船が御蔵に横付けされていた。

この通りに店を構える札差《ふださし》の店先には武家の姿があって、いつもの御蔵前の活気を取り戻しつつあった。だが、通りのあちこちには生焼きになった米の臭いが消しきれなくて残っていた。

左京は八番蔵から一番蔵へと一気に通り過ぎ、駒形堂に差し掛かった。すると御蔵前通りは大川にぐいっと近付いて、水上の光景がよく見えるようになった。

対岸の本所《ほんじょ》の武家屋敷にも雪が降り積もって日差しが注ぎ、安政の大地震の跡を覆い隠して、まるで錦絵でも見るような大川端の風景だった。

地震で半壊した吾妻橋《あずまばし》は応急の修理が終わり、人を往来させていた。

花川戸など浅草寺寺領を大股に抜けた左京は竹屋ノ渡しが今しも船着場に到着した様子に目を止めながら山谷堀に架かる今戸橋を渡った。

橋を渡ると山谷堀の北土手を上流へと上がった。

対岸は吉原に通う日本堤、俗にいう土手八丁だ。普段なら昼見世に通う駕籠が行き、今戸橋際《ぎわ》の船宿には柳橋から遊客を送ってきた猪牙《ちょき》がひっきりなしに到着しているはずだった。

だが、大地震に全壊した御免色里は仮宅《かりたく》営業五百日の最中にあった。そのせいで土手を飛ぶ駕籠も今戸橋に乗り付ける猪牙舟も姿はなかった。

吉原に威勢を誇った総籬《そうまがき》、半籬《はんまがき》、小見世など妓楼《ぎろう》はすべて浅草界隈から深川へと散って町中で商いを続けていた。

左京は立ち枯れの葦に雪を載せた土手の光景に目をやりながら、今戸橋から一本上流の、新鳥越橋へと上がった。そこから通りが北へ、千住《せんじゅ》大橋へと抜けていた。

左京の訪問先はもはや近かった。訪ねようとした先は、

「吉原面番所御用巽屋左右次《たつみやそうじ》」

の家だ。

巽屋は吉原を監督する江戸町奉行所隠密《おんみつ》方支配と繋《つな》がりを持った十手持ちの親分で、普段は吉原内外の御用を務めていた。

左京は熱田社《あつたしゃ》の前にある巽屋の前に立った。

巽屋も地震で建物が傷《いた》めつけられて、左右次親分以下男衆は仮屋暮らしをしていた

が大工が入ったらしく、元の本屋に戻っていた。

「おや、久しぶりにございますね」

と広い土間から手先の兎之吉《うのきち》が笑いかけてきた。どうやら出先から戻った風情だった。

二人は大地震の夜、騒ぎに乗じて妓楼の金子をくすねて逃げた遊女瀬紫《せむらさき》と座光寺《ざこうじ》左京為清《ためすが》の行方を追って苦労した仲だ。ここでいう左京為清は先代のことだ。

「兎之吉どの、その節は造作をかけた」

「なんのことがありますかえ。親分とねえ、本宮様はどうしておられるかと話していたところですよ。わっしらはちょうど外から戻ってきたところです、お上がりなすって下さいな」

と勝手知った居間へと招じ上げられた。

左右次が長火鉢の前に座ったばかりの様子で、おかみのお蔦《つた》が背の高い左京を見上げた。

「お蔦、おめえは初めてだったな。座光寺家の……」

と左右次がお蔦に紹介しかけて言葉を止めた。左京の身なりを改めて、

「なんとお呼び申せば宜《よろ》しゅうございますか」

と聞いた。

座光寺家と付き合いの深い左右次は座光寺家の異変を察知していたようだ。

左京はお蔦が勧めた座布団にどっかと腰を下ろすと、

「親分、改めて挨拶致す。座光寺左京為清にござる。以後、よしなに願う」

と頭を下げた。

「上様とのお目見《めみえ》は無事済まされましたかえ」

「終わった」

座布団を外して姿勢を改めた左右次が、

「座光寺為清様、祝着至極にございます」

と祝いの言葉を述べた。

左右次は密かに本宮藤之助が先代の左京為清を斃《たお》した三十三間堂の戦いを見ていたのだ。

どうやらこのことを予測していた節があった。

「親分、兎之吉どの、そなたらはそれがしの前身を承知じゃあ、嘘もつけぬ。縁あって座光寺左京為清を継いだ上は今後座光寺家当主としてお付き合い願いたい」

と左京は左右次を、兎之吉を見た。

「こちらこそ宜しゅうお頼み申します」

と左右次が再び頭を下げ、兎之吉が、

「驚いたぜ、江戸に出てきたばかりの家来が主の跡目を継いだぜ」

と呟いた。

「兎之吉、こんなご時世だ。幕府の屋台骨がぐらぐらと揺れ動いて、海には異国の大船がうろついていらあ。女郎と組んで妓楼の金を盗み、そいつで仮見世を開いて一稼ぎしようなんて考える直参旗本がいいか、この左京様のように座光寺家や幕府のことをお考えになる旗本がいいか、考えてみねえ。答えは一目瞭然だ」

「親分、そいつは思案するまでもねえ。ただ、びっくりしただけだ」

と答えた兎之吉が、

「左京様、よろしく願いますぜ」

とぺこりと頭を下げた。

男同士の胸の中で納まりがついた。

「屋敷からこちらに見えられたので」

「いや、北辰一刀流玄武館に入門を許されたで、稽古の帰りにこちらに立ち寄った」

「稽古の帰りですって。おっ母《かあ》、左京様は腹を空かしていなさるようだ。おれたちと一緒に膳を用意してくんな」

「あいよ」

とお蔦が呑み込み顔で台所に下がった。

「左京様、雪道を山谷まで足を伸《の》してこられたには理由がございますので」

と聞いた。

居間にいるのは左右次と兎之吉の二人だけだ。

「親分、先代がどこから養子に来たか承知じゃな」

「高家肝煎《きもいり》品川式部《しきぶ》大夫《たいふ》倖信《ゆきのぶ》様の三男でしたな」

「いかにも品川家から座光寺に入られておる」

と答えた左京は、

「過日来、二度ほど品川家が差し向けた刺客に襲われた」

左右次が驚きの表情を見せたが、

「ありそうなことですねえ」

と直ぐに得心した顔に変えた。

「とは申せ、左京様がそれを恐れて左右次に相談に来られたわけではないようだ」

「刺客に襲われるのは煩《わずら》わしいが事情が事情だ、致し方ない。ただ今のところ品川家の主どのや家来は姿を見せておらぬ。だが、このようなことが繰り返されれば当主式部大夫どのも出てこられよう。雇われ刺客を追い払うのとは違う。また旗本同士がこのようなご時世私闘を演じてよいわけもない。品川家に矛《ほこ》を納めて頂くのが一番よいのだが、親分の知恵を借りに参った」

「高家衆は大名も見下す横柄《おうへい》な連中ですからねえ、厄介だ。座光寺家にどんな難儀を持ち込まれないとも限りませんや」

　と左右次が腕を組んで思案した。

「やはりあん時、瀬紫を取り逃がしたのが響いておりますな」

　と左右次が首の後ろを手でぴたぴたと叩いた。

　三十三間堂に旧主の左京為清を呼び出した本宮藤之助は見事先代を討ち果たした。それを確かめた左右次は深川汐見橋際の茶屋睦月楼《むつきろう》に密かに仮宅を構えていた瀬紫を捕縛に向かった。

　大地震の夜、馴染みの左京為清と抱え楼稲木楼《いなきろう》の穴蔵から八百四十余両を盗んで吉原外に逃げ出したほどの女だ。危険を察したか、左右次と手先たちが押し込んだときには瀬紫だけが姿を消していた。

「仮宅で稼いだ二百五十両ほどを帳場からかっさらって逃げやがった。この瀬紫の身柄を押さえるのが先決ですぜ」

むろん左京もこの瀬紫の逃亡は知らされていた。

「それがしもそう思う。品川家がなにを申し来られようと先代左京為清どのが瀬紫といかなる悪行を繰り返してきたかを知る当人ほどの生き証人はないからな。幕府御目《おめ》付《つけ》への牽制にもなる」

「さようでさあ」

と左右次が答え、

「こいつはわっしのしくじりから端を発しております。一家を挙げて瀬紫の追跡を致しやす」

と請合《うけあ》ってくれた。

「左右次親分、座光寺家には先立つものがない。そこで頼みがある、それがしを使ってくれぬか」

「座光寺様の内所が苦しいのは今に始まったことじゃありませんや」

と苦笑いした左右次が、

「本宮藤之助って方は実にお働きになられましたよ」

「あれでよいか」

「頼もしい味方ですよ」

「ならば毎日こちらに通おう」

「ちょいとお待ちを」

左右次はしばらく黙り込んで考えを纏《まと》めた。

「瀬紫探索は時間がかかるやもしれませんや、それに餅は餅屋だ。まず手先や下っ引きを動かします。今のところ左京様の出番はございますまい」

「ないか」

「ものは相談だ。足元を見るようで恐縮ですが左京様、一つ御用に手を貸してくれませんか」

「なんだな」

「わっしらは今厄介な事件を抱え込んでおりましてな、こいつは瀬紫のいた稲木楼にも関わる話だ」

「稲木楼は山ノ宿に仮宅を設けたのであったな」

左京探索の折のことだ。

吉原を焼け出された稲木楼の主の甲右衛門《こうえもん》、おたね以下、女郎、男衆が殺伝寺にしばらく寄宿していた。

その折のことを左京は承知していた、むろん藤之助と呼ばれていたころのことだ。しかし、左京は山ノ宿の仮宅は知らなかった。

「よく覚えておられましたな」

と答えた左右次は煙草《たばこ》入れから煙管《きせる》を抜いて香りのよい刻みを詰めた。

火鉢の炭火で点《つ》け、悠然と一服した。

「吉原は大門以外、高い塀と鉄漿溝《おはぐろどぶ》に囲まれた遊里でございましょう、不逞《ふてい》の者が妓楼に上がっても用心する手段はいろいろとございました。町奉行所の与力同心が詰める面番所もあれば、吉原会所の若い衆も大門を固めている。ところが仮宅となると町中での商いだ、安直に遊べるというのでこのご時世にも拘《かか》わらず客がいずこも押しかけておりますのさ」

「災禍の後というのに懐に余裕がある人間がいるものだな」

「遊びは地震の後だろうとなんだろうと関係ありませんや。吉原で遊女と懇《ねんご》ろになるには初回、裏を返しての二回目。さらに馴染みと最低でも三度は通わねばなりません、物入りだ。一方、仮宅だとその夜から床入りできる。世の中には七面倒くさい習わしよりもこっちを望む客は多いのですよ」

と左右次が苦笑いして、また煙管の吸い口を咥《くわ》えた。

「左京様、近頃、勤番風の侍がそんな仮宅に三人か四人連れで上がり、床入りした夜半に起き出して、だんびらを抜いて帳場に押し込み、その夜の売り上げをかっさらって逃げるという事件が立て続けに起こっておりますので」

「ほう、そのようなことがなあ」

「その連中、手際がよいうえに腕も立つと見えて、貴扇楼《きせんろう》に押し入った折のことです。泊まり合わせた、こちらはほんものの勤番侍ですがねえ、岸和田《きしわだ》藩五万三千石の若侍二人が剣を抜き合わせて立ち向かおうとしたのを反対に斬りつけ、大怪我を負わせております。いえ、命に別状はございませんが、こんなことが続けば仮宅商いに差し障りがあるというので、どこも戦々恐々としているんです」

「親分も大変だ」

「うちは面番所出入りの御用聞きだ。こういうときこそと夜どおし仮宅を歩き回って見張ってますが、その隙をつきやがる。なんとも癪《しゃく》な野郎どもなんで」

「それがし、親分の夜回りに加わればよいか」

「お願いできますかえ」

「これより家老の引田武兵衛に宛《あ》てて手紙を書く。当分屋敷には帰らぬ旨を伝えよう」

直参旗本御家人の主や家来は、夜間屋敷にいることを義務付けられている。それは将軍家を守る直属の武家集団だからである。ゆえに昔から吉原でも、

「武家の昼遊び、町人の夜遊び」

と決まっていたものだ。

だが、時代が下り、幕藩体制の綱紀が緩むとそのような決まり事を守る者も少なくなっていた。

左京は屋敷を抜けても引田武兵衛がなんとか手を考えようと思った。

なにより屋敷に戻れぬ事情の背後には品川式部大夫家との確執暗闘が関わっているのだ。座光寺家にとっても最優先に解決すべき事柄、致し方のないことだった。

「お待ちどお様」

とお蔦と女衆が鍋焼き饂飩《うどん》を運んできた。

「おっ母、左京様は当分うちに逗留《とうりゆう》されることになった。夕餉《ゆうげ》には左京様のご就位の祝いをしようか、なんぞ考えねえ」

と左右次が命じ、お蔦が、

「任せておおき」

と胸を叩いた。

左京は昼餉の鍋焼き饂飩を馳走になった後、引田武兵衛に宛てて経緯《いきさつ》を記した手紙を書いた。それを左右次の若い手先が牛込山伏町まで届けることになった。それを見送った兎之吉が、

「左京様、土地の御用聞きや吉原会所の若い衆が手分けして仮宅を見回ってます。うちの担当は五軒だ、その中の一軒に瀬紫のいた稲木楼もございます。山ノ宿町まで伸してみますかえ」

と言い出した。

「五軒の立地を知る知らぬでは動きも違う。場所を明るいうちに見ておこうか」

「ならば道案内を致しましょうか」

兎之吉に誘われて夕暮れ前の通りに出た。

巽屋が担当する五軒の仮宅のうち二軒が山谷堀の北側にあり、残りの三軒が南側にあった。

四軒の立地を見て回り、最後に山ノ宿町の稲木楼仮宅を訪ねた。稲木楼の甲右衛門が仮宅に選んだ家は商いを辞めていた茶屋だった。

浅草山ノ宿町は浅草花川戸町の北にあって日光街道の両側町だ。東に大川、西に浅草寺に挟まれ、仮宅としては最高の場所といえた。

なにしろ客の先代座光寺左京と抱え遊女の瀬紫に八百四十余両を持ち逃げされて、仮宅営業の場所を探すのに苦労した。ところが残り物には福の喩《たと》え、吉原へ通う道中の裏手に庭もあり、部屋数もまあまあの仮宅が見付かった。

夕暮れ、赤い提灯《ちょうちん》を点した門に、

「吉原角町稲木楼仮宅」

の看板がかかり、抱え女郎の名がずらずらと書き連ねてあった。すでに客が登楼していると見えて、艶っぽくもさんざめく宴の気配が響いてきた。

「あら、本宮様ではございませぬか」

内儀のおたねが小柄な兎之吉の背後に立つ左京に声をかけた。

「お遊びですか、本宮様なればうち一番の女郎をつけますよ」

「女将《おかみ》、遊びではない。例の居直り強盗の警備に今宵から加わって下さるのだ。それで下見に来たのさ」

兎之吉が答え、おたねが、

「それは心強いよ、まずは帳場に通って、うちの旦那に会っていって下さいな」

と二人を帳場に招じ上げた。

三

番頭と何事か話し合っていた甲右衛門が顔を上げ、

「おや、珍しいお方がご入来だ」

と左京の顔を見上げた。

そこは妓楼の帳場よりもだいぶ狭い座敷だったが縁起を担ぐ客商売、神棚に買ったばかりの大きな熊手が斜めに飾られてあった。

甲右衛門はこの熊手で客の金を根こそぎ掻き集めようという算段か。

「甲右衛門の旦那、女将さん、おめえさん方にちょいと断っておくことがあらあ」

と兎之吉が事情を述べた。

「なんですって！　瀬紫と組んだあの悪党に代わり、本宮様が座光寺家の新しい主になりなさったというのか、兎之吉さん」

「そういうことだ」

「戦国時代じゃあるめえし、家来が主人になったって話はあまり聞かないねえ、ええ話になったもんだ。もっともこのご時世だ、いいのか、悪いのか見当もつかないねえ」

甲右衛門は抱え女郎の瀬紫と先代左京為清の二人に楼の隠し金八百四十余両を持ち逃げされた当人だ。先代の左京がいかに身を持ち崩した遊冶郎《ゆうやろう》かということを承知していた。それだけに本宮藤之助が左京為清を討ち果たしたと左右次に耳打ちされて、溜飲を下げていた。

「兎之吉さん、瀬紫の行方は知れないかえ。うちはなんとしてもあの女をこの私の前に一度引き据えて恨みを述べたいのだよ。この仮宅を見世開きするまでどれほど苦労したかとね」

「旦那、すまねえ、未《いま》だ行方を摑《つか》めてねえ。だがね、この左京様のお頼みもあって、うちでは改めて瀬紫がどこに潜《もぐ》り込んでいやがるか動くことになったところだ。もうちょいと時間を貸してくんな」

兎之吉が稲木楼の主夫婦に頼み、本日、左京を伴った経緯を述べた。

「なにっ、座光寺の殿様御自らあの居直りの四人組の探索に動くというのかい」

「左京様とうちの親分が話し合ってのことだ」

「そいつは心強いねえ」

と甲右衛門が答え、

「うちに今晩から泊まり込まれてもいいよ、兎之吉さん、そうしておくれな」

とおたねが言い出した。

「旦那、居直りは稲木楼だけを狙っているわけではねえ。四人組とはいえ、上がるときはばらばらだったり、中には町人姿に身をやつしている者もいるというぜ、用心に越したことはない。ともかくよ、怪しい客が登楼したときは真っ先に知らせてくんな。おれっちが姿を見せなくとも、この仮宅近くに必ず潜《ひそ》んでいるからな」

「兎之吉さんは外で寒さに震えていなされ。うちは座光寺の若殿様が泊まってくれるほうが安心なんだがな」

「ちえっ、こっちだけを寒の最中に外で見張りをさせようという魂胆《こんたん》かえ」

兎之吉がぼやいた。

「本宮藤之助様にはいろいろと世話になった。その方が主に出世だ、お祝いをなにか考えねばなりませぬな」

と甲右衛門が言い、おたねと頷き合った。

ともかく左京が一言も発しないうちに事が決まった。

辞去しようと玄関先に出たところで顔見知りの抱え女郎一初《いちはつ》とお豆《まめ》にあった。

「おやまあ、おまえさんは座光寺家の悪の家来だったねえ」

大地震の直後、仮住まいしていた殺伝寺ではくたびれきって、放心の体《てい》の一初だったが仮宅の商いが始まり、遊女の艶を取り戻していた。

なにしろあの時はだれもが地獄を身近に体験して、なんとか生き残ったことさえ気づかなかった。

「一初、この度《たび》、このお方が座光寺家の新しい殿様にお就きになったのさ」

「おやまあ、気の毒に」

「交代寄合千四百十三石の殿様に出世なさったんだぜ、一初」

「兎之吉さん、貧乏旗本の主になってなにが出世だねえ」

「違いねえ」

一初と兎之吉が正直な気持ちを掛け合い、それでもお豆が、

「おめでとうございます、左京様」

と祝いの言葉を口にした。

「この楼じゃあ、女郎や手先よりお豆が物事をよく承知しているぜ」

とぼやいた兎之吉が、

「一初、お豆、今宵から左京様が例の居直り侍の探索に加わられたのだ、安心しな」

と言い添えた。

「そいつは心強いねえ。左京様、わちきの床で居直りを待つという趣向はどうだえ」

「一初太夫、貧乏旗本では懐に金子の余裕もござらぬ、からからと寂しい風が吹いておる」

「おやまあ、江戸に出て、洒落《しやれ》た口まで覚えなすったよ」

と一初が苦笑いした。


巽屋に一旦《いったん》戻った左京をなんと家老の引田武兵衛が待ち受けていた。

「武兵衛、左京を連れ戻しにきたか」

「そうではございませぬ。よいところに着眼なされたと感心しましてな、改めて巽屋に瀬紫探索を頼みにきたところですよ」

どうやら引田は左京の手紙を読み、先立つものがいるとなにがしかの金子を巽屋左右次に届けにきた様子だ。

「引田様には左京様とうちは相身互いだと申し上げたのでございますがな、律儀に挨拶に見えられました」

と左右次がそのことを仄《ほの》めかした。

「ともかくよい折です、おっ母に祝いの膳を用意させました。引田様も一献召し上がって山伏町の屋敷にお帰り下さいな」

　というのを合図に膳が運ばれてきた。

　膳には見事な鯛《たい》の塩焼きまで載っていた。

「当節、旗本の屋敷ではこのような見事な鯛は膳に上がらぬぞ」

　武兵衛が破顔をした。

「左京様、ご出世おめでとうございます」

　とおたねがまず左京の、そして、武兵衛の盃《さかずき》に注ぎ、最後に亭主の酒器を満たした。

「座光寺家とは先々代以来の付き合いにございますが、こんな話は初めてだ。左京様は瑞運をお持ちになって伊那から江戸に出て来られた気がします。こいつは出世の始まりだ、終わりじゃねえ。左京様、よしなにお付き合いの程を願いますぜ」

　と左右次が音頭をとって盃を干した。

「左右次、品川式部大夫様と片桐様との会談で事が済んだと思っていたがどうやらそうではなかったようだ、逃げた女郎をなんとしても捕まえてくれ。悪くするとようやく首が繋《つな》がった座光寺家は元の木阿弥《もくあみ》、潰されるぞ」

「へえっ」

安政の大地震以来、心労が重なっていたのであろう。わずかな酒で引田武兵衛は酔い、なんども親分に瀬紫捕縛の件を願った。

「武兵衛、巽屋は呑み込んでおる。それ以上、案じるでないぞ」

左京は二、三杯口を付けただけで酒器を置き、潮汁《うしおじる》と漬物で飯を食した。

「左京様、鯛はお嫌いですか」

左右次が気にした。

「嫌いもなにも伊那ではこのような見事な鯛を眺めたこともなかった。おかみさん、相すまぬが手を付けておらぬ膳のもの、詰めてはくれぬか」

「どうなさいますので」

「養母上《ははうえ》にお目にかけたいのだ」

左右次とおたねが、はっ、という顔で左京を見ると、

「先の左京様とは雲泥の違いだねえ」

「左京様、きれいに重箱にお詰めして甘いものも添えますよ」

二人の話に、

「おかみ、ならばそれがしの鯛も頼むぞ」

と武兵衛が言い、

「深々と頂戴した。これ以上、酔っては牛込御門外まで帰れぬわ」

と立ち上がろうとした。

「だれかいねえか、駕籠を一丁捕まえてこい」

左右次が命じて若い手先が飛び出していった。


左京はお重を膝の上に載せた武兵衛の駕籠を今戸橋まで送っていった。

「武兵衛、品川家とのこともある。気をつけて参れ」

「左京様もくれぐれもお願い申しますぞ」

従者の小者が掲げる提灯の明かりに先導されて、凍《い》てついた雪道を駕籠は御蔵前通りへと遠ざかっていった。

振り向くと兎之吉と若い手先の謙太郎《けんたろう》がすでに夜回りの格好で立っていた。

「左京様、ちょいと休んでから夜回りに加わりますかえ。なにかあれば直ぐに使いを立てます」

「心配致すな。そなたらと行を共に致す」

左右次親分の組が山谷堀の北側を、そして、兎之吉たち三人が南側の稲木楼と揚屋町の半籬盛八楼《せいはちろう》の仮宅を担当することになった。

吉原の大門は四つ（午後十時）に閉じられた。商いはその刻限で終わりが定法《じょうほう》だが吉原には独特の時間が流れていた。

四つの刻限に時刻を告げる拍子木を叩かず、九つ（午前零時）近くまで引っ張り、

「引け四つ」

と称して叩いた。

当然、九つの時刻が直ぐ後に告げられた。

この引け四つによって一刻近く長く商いをすることが出来た。抜け道があろうとなかろうと吉原は大門一つで区切られた遊里、大門が閉じられれば新たな客が姿を見せることはない。

この一刻の時間延長のお目こぼしに吉原は莫大な金子を面番所に支払っていたのだ。

だが、仮宅商いはその店の勝手次第で続けられたから、いつ客が現れ、いつ客が帰るか摑《つか》み難かった。

盛八楼の仮宅は猿若町にあった大店《おおだな》の寮を借り受けたものだ。庭は広かったがその割には間数がないとか、広間を二つに仕切っての商いを続けていた。

兎之吉らは盛八楼と稲木楼の仮宅の間を往復しながら、居直り強盗の侍四人組が現

れるのを待ち、見張りを続けた。

夜半を過ぎて二つの仮宅が明かりを落としたが四人組は姿を見せなかった。そこで山谷町の巽屋に引き上げると左右次たちも戻ったばかりの様子だった。

「ご苦労にございましたな、ともかく根気よく見張るしか手はございませんや」

左右次が言い、その夜の見回りは終わった。

左京は二刻ばかり仮眠をした。

夜明け前に目を覚ますと昨夜のうちに用意していた草鞋《わらじ》を履き、巽屋をそっと抜けると凍りついた雪道をお玉ヶ池の玄武館に向かって走り出した。

半刻後、左京は玄武館の門を潜り、道場に到着していた。すると住み込みの門弟たちが稽古前の拭き掃除に精を出していた。

「お早うござる」

稽古着に着替えた左京は広い道場の床を固く絞った雑巾《ぞうきん》で拭く列に加わった。掃除が終わる頃、道場にほのかな朝の明かりが差し込んできた。

始まりは住み込みの門弟たちが主で、数が少ない。さしも広い道場をゆったりと使って稽古が始められた。

左京はまず木刀を構えての独り稽古から体を動かし始めた。

道場の壁に向かい、木刀を突上げ、両眼を軽く閉じた。

瞼《まぶた》の裏に伊那谷の光景が浮かび上がった。

広い河原を流れる天竜川、その背後に聳《そび》える伊那山脈、そして、その後ろに雪を被った白根岳、赤石山嶺など一万余尺の高峰が屹立《きつりつ》していた。

左京はその光景に対峙し、圧するまで木刀を突上げ続けた。

「構えは大きく、相手を呑め」

対決に際して位《くらい》負けしないこと、それが信濃一傳流《しなのいちでんりゅう》の教えだ。左京独創の剣、天竜暴れ水もこの構えから始まった。

さらに両眼を見開いた左京は広い道場の片隅を利用して縦横無尽に飛び跳ね、動き回って体を動かした。

寒さに縮こまっていた筋肉が温まり、柔軟になって動きに軽やかさが加わった。

左京はふいに見詰める目を意識した。だが、そのまま体を動かし続け、木刀を下ろした。

振り向くと見知らぬ顔が左京の独り稽古を見ていた。

「噂には聞いたが信濃一傳流の動き、敏捷にして激しいな」

と、しなやかな体付きの男が笑った。そこへ千葉道場の二代目を約束された道三郎

が近付いてきて、

「兄者、信濃一傳流恐るべしであろうが」

と話しかけた。

千葉周作の次男にして、

「剣の天才児」

として江戸に名を轟《とどろ》かす栄次郎成之《しげゆき》その人であった。

水戸家の剣術指南の栄次郎の帰京は酒井栄五郎が教えてくれていた。

「道三郎、信濃一傳流がどれほどのものか知らぬ」

栄次郎はにべもなく言い切った。

「だがな、座光寺左京為清恐るべしじゃあ」

と左京に笑いかけた栄次郎が、

「左京どの、お手合わせを願おう」

と笑いかけ、

「栄次郎様、ご指導のほど願います」

と応じた。

防具を着け、竹刀を手にした千葉栄次郎と座光寺左京の申し合いは意地と意地のぶつかり合い、玄武館の伝説と後々まで語り継がれるほど激しいものになった。

栄次郎の剣風は、敏捷果敢ゆえに、

「軽業《かるわざ》」

と呼ばれた。

左京は、その軽業に、

「天竜暴れ水」

で対決した。

大雨や雪解け水に増水した天竜川の水が岩場に当たり砕けて八方に散り下るような変幻自在の剣法だ。

「火が出る」

とは正に二人の戦い振り、激突であった。

どちらも一歩も引かず、力と技でねじ伏せようと死力を尽した。

剽悍《ひょうかん》な動きは巌《いわお》のような守りで跳ね返せば、力を籠《こ》めた一撃は敏捷に交わし、反撃を繰り出す。

その申し合いは四半刻、半刻と続き、互いが引くことも動きが鈍る様子も見られなかった。

住み込みの門弟ばかりか通いの門弟たちも自分の稽古を忘れて、一瞬の弛緩もない申し合いに見入った。

栄次郎と左京、激しい一連の打ち合いの後、間合いを、
ぽーん
と開けた。

だが、二人して直ぐに構えを直すと踏み込んだ。

栄次郎は左京の内懐に入り、抜き胴を狙った。

左京は電撃の振り下ろしで対抗した。

びしり！

かーん！

と鈍く重い音と甲高《かんだか》くも冴えた音が重なった。

二人は同時に引くと床に座した。

面頰《めんぼお》の紐を解くのももどかしく脱いだ栄次郎と左京が笑い合った。

「ご指導有難うございました」

頭を下げる左京に、

「確かに座光寺左京為清恐るべし」

と言い返し、道場がどっと沸いた。

井戸端で栄五郎が左京に寄ってきて、

「言ったろう。そなたと栄次郎さんの立ち合いは見物《みもの》だと。道三郎先生もどうにも手がつけられぬという顔をして見ておられたぞ」

「栄五郎が申した以上の腕前かな。なんとか合わせてもらい、体面を保つことが出来た」

左京は初めて出会った難敵であった。

「今頃、栄次郎さんもそう思っておられるぞ」

左京はもはや答えない。

「左京、帰りにそなたの屋敷に立ち寄ってよいか」

「屋敷を出ておる」

「なにっ、もはや追い出されたか」

部屋住みの栄五郎が呆れ顔で聞き返した。

「そうではない。ちと理由があって浅草山谷町の御用聞きの家に居候《いそうろう》をしておる」

「なんだと、御用聞きの家に居候だと」

栄五郎が呆れた。

「巽屋左右次親分と申し、吉原面番所出入りの御用聞きだ。ただ今仮宅営業ゆえ外に出た妓楼の見回りをしておる」

「吉原出入りの御用聞きの手伝いか。面白そうじゃ、そちらでもよい」

暢気《のんき》坊主の栄五郎が言い出した。

左京は井戸端に入り込んだ町人の姿に目を止めて、

「そうもいかぬ。迎えが参った」

と兎之吉を手招いて、栄五郎に紹介した。

「言い訳と思うたらほんとの話か」

「なんで嘘などいうものか。兎之吉、しばし待ってくれ」

と最後は兎之吉に言いかけると、水を溜めた桶《おけ》で左京は顔を洗った。

四

お玉ヶ池の玄武館を出た二人は、ぐじゃぐじゃに緩んだ雪道を両国橋《りょうごくばし》に下った。

橋をはさんで西側に広がる広小路の見世物小屋や露店の賑わいを分けるようにぐい

ぐいと進んだ。

川向こうの東広小路を含めて二つの広小路の小屋掛け、露店はきれいさっぱりと大地震で焼失した。だが、小屋掛けだけに復旧も早かった。すぐに元の活況を取り戻して、広小路を歩くかぎり災禍の跡は感じられなかった。

橋は往来する人々でいっぱいだった。

小柄で敏捷な兎之吉も足を緩めざるを得なかった。

「四人組め、深川に居直りの場所を変えておりましてね」

左京が問う前に兎之吉が説明を始めた。

「昨夜のことか」

「へえっ。江戸町一丁目の総籬角伊勢《かどいせ》の仮宅に一人ずつの上がり込み、さんざ飲み食いして床入りした後、居直りやがった。男衆一人が四人組を止めようとしてどてっ腹を抉《えぐ》られて死んだそうです」

兎之吉はまだ現場を見てないようだ。

「被害はいくらかな」

「三百十余両と聞いています」

「荒稼ぎの上に殺生《せっしょう》か、許せぬ」

「へえっ」

両国橋を渡った二人は左岸沿いに下流に向かった。

角伊勢の仮宅は深川中島町にあって、元々《もともと》深川の岡場所として造られた二階家に手を入れて利用していた。

兎之吉は角伊勢の見世構えを左京に見せただけで富岡八幡宮近くにある番屋に連れていった。

「兎之さんかえ、親分はもう山谷に戻られたぜ」

と角伊勢の番頭が疲れた顔でいった。

「優作《ゆうさく》さん、とんだこって」

「ようやく地震から立ち直ろうという矢先にこの災難だ。金子は盗られる、中造《ちゅうぞう》は殺される。泣きっ面に蜂とはこのことですよ」

左京は土間に横たえられた角伊勢の二階回し、中造のかたわらに片膝を突いた。兎之吉は、

「どてっ腹を抉られた」

と言ったが傷口は心臓を突き破っていた。

見事な突きの一手、武士の、それも年季が入った修行者の技だ。それが素人相手に

振るわれただけに許せぬ気持ちが強かった。

「居直りが使ったのは薄刃の直刀《ちょくとう》かな」

左京は優作に聞いた。

「薄刃だかなんだか知らないが一人の野郎がねえ、目が少し不自由だと言ってさ、杖を座敷まで持ち込んでいたんですよ」

と町方でもない風体の左京に答えた。

「仕込み杖か」

直刀のわけだ、と左京は得心した。

優作が兎之吉に目顔で左京のことを聞いた。

「うちと昵懇《じっこん》の付き合いの若殿様でねえ、四人組の探索を手伝ってもらっているんでさあ。昨晩も浅草寺寺領に左京様とご一緒に網を張っていたんだがねえ、こっちに出やがった」

兎之吉が答えた。

「番頭どの、四人組は一人ずつばらばらに仮宅に上がったのだな」

左京の問いに優作が首を横に振った。

「いえ、最初、身を持ち崩した体《てい》の侍二人が上がり、半刻後に町人が一人、さらに九つ近くに目の不自由という男が上がったんですよ。この杖の男が頭分《かしらぶん》だねえ」

「身をやつしておるが勤番者かな」

「勤番の野暮《やぼ》は感じられないねえ」

としばし考えた優作は、

「わっしの見立ては江戸育ち、部屋住みの次男か三男と見たがねえ。世慣れた上に女郎を厭《あ》きさせない。さんざ遊んでおいて女を疲れさせ、眠り込ませて仕事にかかってやがる」

と吐き捨てた。

左京は最初国表《くにおもて》から江戸屋敷に出てきた勤番者が金欲しさに居直り強盗を始めたと聞かされていたが、

(少し様子が違うな)

と思った。

「相手を務めた遊女の一人が言うんだがねえ、頭分の一人は上方《かみがた》の事情も承知で時に話に上方言葉を挟むそうだ。それにこやつ、なんにつけても物知りでえらい自信家らしい」

優作が答え、

「兎之さん、もういいかい。中造を寺の湯灌場《ゆかんば》まで運んでいくんだ」

と待たせていた人足に合図した。

「番頭どの、最後に一つ、腕前はなかなかと見てよいな」

左京は念押しした。

「中造を殺した手口と言い、殺しに慣れておりましょうよ。そうじゃあなきゃあ、こんなむごい仕打ちはできっこないよ」

客を見抜くのが商売の番頭が言い切った。

二人は戸板に乗せられた中造の亡骸《なきがら》を見送り、再び深川から対岸の浅草山谷町まで雪道を歩いて戻った。


埃《ほこり》に汚れて積もり残っていた雪は消えた。

だが、居直り強盗四人組はまだ捕縛されないでいた。左京たちは角伊勢が襲われて四晩、無駄な夜回りを繰り返していた。

「糞《くそ》っ、四人組め、おれたちを焦《じ》らすように動きを止めてやがる」

夜半過ぎ、巽屋へと戻る道中、兎之吉が吐き捨てた。

「ここは我慢の時だ、姿を見せない相手には反撃のしようもないでな」

左京が兎之吉を宥《なだ》めた。

「それはそうですがねえ。なんぞ釣り出す策はないものか」

「釣り出す策か」

左京は思案しいしい巽屋まで戻った。こちらも無益な夜回りを終えた左右次親分の一行と玄関先で鉢合わせした。

「親分、兎之吉が四人組を誘い出す手はないかと言い出した」

「誘い出す手ねえ、なんぞ妙案を考えつかれましたか」

「よい思案は浮かばぬがこのような手はどうかな」

左京が披露した考えに左右次が小首を傾げて考え込み、

「打つ手もございませんや、駄目で元々動いてみますか」

と左京の思案が採用された。


翌朝、江戸の辻々に読売《よみうり》の声が響いた。

「さあさ、御用とお急ぎでない方もお急ぎの方も耳をかっぽじってよく聞きねえ。いかえ、百両を儲《もう》ける話だぜ、なにも富籤《とみくじ》を買えって話じゃねえや。ただで百両が手に入る話だ！」

瓦版屋《かわらばん》が声を嗄《か》らして叫んだ。

「読売屋、よた飛ばすんじゃねえぜ」

「そこの職人さん、おめえさんは叩き大工だな。日当はこのご時世だ、五百文も親方から貰っているか」

「うるせえ！　叩き大工だろうがなんだろうが他人の懐を詮索《せんさく》するねえ。百両の話はどうなった」

「それだ、お立ち合いの衆、こいつは嘘も駆け引きもねえや。正真正銘、百両が手に入る話だ」

「だから、そいつを聞かせろ」

「せくねえ、貧乏たれ職人。今、江戸を賑わしているのは吉原を大地震で追われ、町中に仮宅を構えた妓楼に客として上がり込み、居直って強盗を働くという四人組だ」

「そんなことはだれも承知だ、百両はどうなったえ！」

「がっつくねえ。いいか、揚屋町の半籬稲木楼、江戸町一丁目の角伊勢ら五軒が二十両ずつを出してよ、都合百両、四人組を斬り捨てようと生け捕りにしようと、はたまた隠れ家を五軒の仮宅に知らせようと、百両を下さるってんだ。いいか、詳しい話はこの読売にそっくりと書いてあらあ。おあとは読売を読んでのお楽しみだ、さあ、買ったり買ったり！」

と瓦版屋が声を張り上げ、

「一枚くんな」

「私にも一枚頂戴な、百両と取り替えにいくんだからさ」

「おまつさんだか、おしげさんだか知らねえが、読売を持っていって百両と取り替える馬鹿はいねえぜ。いいかえ、四人組を斬り捨てるか、生け捕りか、さもなくば四人の確かな塒《ねぐら》を稲木楼など五軒の仮宅にご注進して、そいつが正しいと分かったあとのことだぜ」

「あいよ、私が菜切り包丁で叩き斬るよ」

「はいはい。どうぞ、そうしてくんな」

四人組を挑発するような瓦版屋の口上に釣られて、読売はあっという間に売り切れた。


「親分、左京様の策に誘い出されるかねえ」

「まず相手も挑発と分かっていよう、然《そ》う然《そ》う簡単に釣り出されるとも思えねえ」

「だがよ、よくも稲木楼の甲右衛門さんらは百両を提供なされたねえ」

「これで四人組が捕まれば百両なんて安いもんだ。よしんば駄目でも稲木楼など五軒の名が売れる話だ、損はあるめえ」

兎之吉と問答する左右次はあまり当てにする様子はなかった。

いつものように巽屋では二組に分かれて五軒の仮宅を中心に夜回りする御用に就いた。

兎之吉の組が最初に稲木楼に見回りにいったのは五つ（午後八時）前のことだった。番頭の和平《わへい》が兎之吉の顔を見ると、

「ありましたありました」

と揉《も》み手をしながら恵比須顔《えびすがお》を向けた。

「四人組が現れたかえ」

「そうじゃないよ。読売を見た欲たれが様子を見ようってんで、うちに客として続々と上がってるんですよ。旦那もねえ、これで居直りがこなくても元は取り返した、万々歳と喜んでなさるのさ」

「和平さん、おれっちは命を張って四人組をとっ捕まえようとしてるんだぜ」

「いやさ、それは忘れてませんよ」

「いいかえ、怪しい客が上がったら、合図を忘れないでくれよ」

「へえへえ」

と相好を崩したまま忙しそうに和平が奥へと引っ込んだ。

兎之吉らは二度目から稲木楼を訪ねる真似はしなかった。だが、寒さに震えながら絶えず仮宅に注視の目を注いでいた。

四つ半（午後十一時）過ぎ、稲木楼の仮宅玄関の左の提灯だけが消された。

「ほう、撒《ま》き餌《え》に食いついたかねえ」

兎之吉がにやりと笑い、

「謙太郎、手筈《てはず》どおり和平さんから話を聞いてこい」

と命じた。

謙太郎は遊び人風のぞろりとした格好に身を窶《やつ》していたが、

「あいよ、兄さん」

と懐手で稲木楼にさも遊びにきたという体《てい》で入っていった。

四半刻後、稲木楼の裏口を抜けた謙太郎が闇を伝い、戻ってきた。

「二人は上野《こうずけ》高崎藩八万二千石、大河内様の家来を名乗りまして登楼しています。残りの二人は町人に身を窶していますが、初めてではないそうです。半月前に一初の座敷で遊んでいました」

「すでに下調べに入っていたか」

「甲右衛門の旦那も和平さんもいま一つ、四人組かどうか危ぶんでおられます」

「なぜだな」

「大河内様の家臣と名乗った二人は実に堂々としたもので、読売で知ったといい、運よく四人組に遭遇致さば手捕りにすると懐から読売を出して見せたそうですぜ」

兎之吉が左京を見た。

「ただの遊客か、居直り四人組か。直ぐにも知れよう」

「へえっ」

謙太郎の案内で二人は稲木楼仮宅に忍んでいった。

稲木楼は九つ半（午前一時）を過ぎて、客のすべてが床入りしていた。

帳場では旦那の甲右衛門とおたねが和平を相手にその日の売り上げの銭勘定に余念がなかった。

八つ（午前二時）過ぎ、精算を終えたおたねは旦那と番頭のために台所に酒の仕度に立った。

その時、みしみしと階段が鳴った。

甲右衛門が顔を上げた。大河内家の家臣という侍二人が帳場の入り口から、すうっと入ってきた。

「お客様、なんぞ御用でございますか」

和平がまさかという表情で見た。

「われら捕縛に百両の金子を懸ける音頭をとったは、稲木屋甲右衛門、おまえだな」

二人が真剣を抜いた。

「お、おまえ様方は居直り強盗ですか」

必死で平静を保とうとしながらも甲右衛門が聞いた。

「いかにもさよう」

「大地震の直後、ちと阿漕《あこぎ》な仕打ちですねえ」

「稲木屋、いい度胸だな、読売を使い、われらを誘い出したな。お呼びにより参上した。女郎の血と汗を吸い取る妓楼の主から金子を吸い上げ、有意義に使ってやろう、大人しく致さばなにもせぬ」

「抵抗すれば角伊勢の中造のように突き殺すというわけで」

「よう承知じゃな」

台所で小さな悲鳴が上がり、乱れた足音がした。

甲右衛門が立ち上がろうとするのを二人が切っ先で制した。

町人姿の二人がおたねの口に手拭を突っ込んで引っ立ててきて、帳場の敷居に立った。

その一人は匕首《あいくち》をおたねの首筋に突き付けていた。

「おたね！」

甲右衛門が動揺した。

「一切合切《いっさいがっさい》有り金を出してもらいまひょ」

四人目の町人がわざとらしい上方訛《なま》りで命じた。尖《とが》った顔が頭分だった。

「和平、命あっての物種です、帳箱ごと渡しなされ」

甲右衛門が番頭に命じた。

四人目の男は和平が差し出した帳箱のかたわらに座り、匕首の切っ先で蓋《ふた》を跳ね上げようとした。

その瞬間、おたねに匕首を突き付けていた男の後頭部が心張棒《しんばりぼう》で、
がつん
と殴られ、くたくたと前屈みに座敷に崩れ込んだ。

「おかみさん、それがしの背後に」

と左京が素早くおたねの体を背に回すと、

「なにをしゃがる！」

と上方訛りの男が振り向き様《ざま》に叫んで匕首を翳《かざ》した。

左京が心張棒を手に帳場に踏み込むと同時に侍の一人が動いた。抜いていた剣を突きの構えで下方から左京の胸元に鋭く突上げてきた。

中造を突き殺した男だ。

仮借《かしやく》のない突きだった。

だが、左京はすでに迎撃の仕度をしていた。

突きの剣を左京は心張棒で弾くように合わせた。

ぽきーん！

相手の剣が物打ちから折れ飛んだ。その肩口に心張棒が叩き込まれた。

一瞬の早業だ。

二番手が正眼の構えを上段に変えて振り上げた。切っ先が天井板にぶつかった。それを横目に左京は帳箱のかたわらから匕首を構え直して、突上げてくる頭分の額を思い切り、
がつん！

と殴りつけた。

片膝の姿勢のままにごろりと転がり、気を失った。

ようやく天井板にぶつかった剣を手元に引き寄せた最後の侍の喉元に心張棒の突きが入り、相手は後ろ飛びに襖《ふすま》を突き破って悶絶した。

「兎之吉、謙太郎、あとを頼んだ」

と帳場から出ようとする左京に、

「座光寺の若殿様、おまえ様という方は……」

と甲右衛門が絶句した。


翌日、江戸に再び瓦版屋の売り声が響いた。

「江戸を騒がした仮宅居直り四人組、ついに召し取られたよ。大きな声じゃいえねえがなんとなんと、上野国のさる譜代《ふだい》大名江戸屋敷の重臣の次男、三男の仕業《しわざ》と判明したそうだぜ。世も末だねえ、この譜代大名家ではただ今、上を下への大騒ぎだ」

「おい、だれが手捕りにしたんだ」

「吉原面番所出入りの巽屋左右次親分の手先たちだ」

「ならば百両は巽屋の手先にいくのか」

「まあ、そうだろうな」

「妓楼が懸賞金を出し、面番所出入りの巽屋の親分が百両取りか。なんだか裏がありそうだ」

「よう聞いてくれました。なんでも百両の報奨金を稲木楼らに持ちかけたのは巽屋の親分だそうな。四人組は親分の撒き餌に飛びついただぼ魚だ。それから先の詳しい話は読売を読んでくんな」

「新しい百両話を持ってきな。そうすれば買ってやらあ」

瓦版屋の周りからさっと人波が消えた。

「ちえっ、文なしが」

江戸の辻々に瓦版屋の舌打ちが響いた。


稲木楼で座光寺左京為清によって叩き伏せられた四人組の身柄は、巽屋左右次、面番所与力、町奉行所を経て大名家を監督糾弾する大目付に届けられ、四人は上野国安《あん》中《なか》藩三万石板倉《いたくら》伊予守《よのかみ》勝明《かつあき》の重臣の子弟、次男三男と判明し、藩主の板倉勝明はその対応に苦慮することになった。

板倉家給人《きゅうにん》日坂《くさか》久内《ひさない》の次男参次《さんじ》郎《ろう》ら四人は何軒もの仮宅に上がって居直り強盗を繰

り返していたことも、その証拠の金子、博奕《ばくち》など遊興に使った残りの七百四十余両を屋敷内に隠していたことも大目付の調べで判明し、その所業明白となった。

幕府でも譜代大名板倉家の家臣の子弟の事件だけにその処置に困った。

勝明は将軍家に近い奏者番を務めていた。

だが、時代が時代だ。

幕府では譜代大名板倉勝明の傷にならぬよう動いた。また、板倉家でも日坂参次郎ら四人を即刻切腹に処し、四家を役職召し上げにして事を終わらせようと奔走した。

第三章　洲干島の唐人

一

稲木楼の仮宅で居直り強盗四人組を始末した左京《さきょう》は、その足で牛込山伏町《うしごめやまぶし》の屋敷に戻った。そこにはいつもの日課が待ち受けていた。

左京は座光寺《ざこうじ》家の当主になって床の間が付いた二間続きの奥座敷に寝起きするようになった。

身の回りの細々したことは老女のおよしと文乃《あやの》がやってくれた。だが、三度三度のご膳から風呂に入ることまであれこれ手伝われると伊那《いな》谷で自由闊達《かったつ》に育った若者には窮屈になってくる。

文乃なれば、

「左京一人で飯くらい食べられる」

　と断りも出来る。だが、座光寺家に根付いた老女のおよしは左京がなにを言おうと平然としたもので、

「殿様自ら手出しはなりませぬ」

「旗本家の当主は下郎小者ではございませぬ。ちゃらちゃらと立ち回られようなど言語道断にございます」

　などとにべもなく言い放ち、取り合おうとしなかった。

　座敷にいると半日で左京は退屈した。

　お玉ヶ池の玄武館に稽古に行くのがただ一つの楽しみ、救いといえた。それでさえ、近頃では家老の引田武兵衛《ひきたたけべえ》とおよしが、

「座光寺家の当主が供も連れずに外歩きとは外聞もございます。せめて提灯持《ちょうちんも》ちに中間《ちゅうげん》の一人もお連れ下さい」

　と老練な那助《なすけ》という中間に担当を命じた。左京は、

「玄武館では身分の上下はない。だれも一門弟として稽古に来られるのだ、小者を連れて参っても道場が迷惑なさる」

　と拒んだ。

「いえ、これからはそうして頂きます。それから左京為清《ためすが》様自ら山谷町の巽屋《たつみや》に呼ばれて参られるとは呆れ返った所業、町家に寝泊りして町方の夜回りに同道なさるなど全くもって、物事逆さまにございます。左京様は交代寄合千四百十三石のご当主にございますれば、左右次《そうじ》を屋敷に呼びつければ済むことです。その事をくれぐれも肝に銘じて下さいませ」

およしは一蹴した。

この一件について家老の引田武兵衛は強く小言を言われたらしく、ただおよしの言葉に頷いていた。

「困ったな」

「左京様、初代丹後守為真《たんごのかみためざね》様以来の家柄、伊那衆座光寺家にはおのずと格式と習わしがございます。それを保ってこそ一家眷属《けんぞく》が主様と敬い従われるのでございます」

「およしの申すとおりにございます、左京様」

武兵衛は自ら巽屋への逗留を許したことなどとんと忘れたようにおよしに同調した。だが、およしの諫言《かんげん》はそれだけでは終わらず延々と続いた。

「なんということにございましょう。左京様は下賤《げせん》の者どもが噂の因《もと》に致す読売などというものに取り上げられかねない行動をなされたとか、今後厳しく謹《つつし》んで頂きます」

　およしはどうやら読売を読んだ風があった。事件の背後に左京が介在していることを武兵衛に聞いたか、今後の行いに執拗《しつよう》に釘を刺した。

　左京はうんざりして、

「相分かった、聞きおく」

　と答えざるを得なかった。そうしなければおよしはいつまでも左京の前から立ち去ろうとはしなかったからだ。

「左京様、四書五経の素養がなくては旗本家の主は勤まりませぬ。一日に二刻は書物を紐解《ひもと》かれて下さいませ」

　と言い残したおよしと武兵衛がようやく左京の座敷から引き上げた。

　左京が、
　ふーうっ
　と大きな息を吐《つ》いていると廊下にまた足音がした。

　文乃が茶と茶菓子を運んできた。

「だいぶ痛めつけられておられましたな」

　にこやかな笑みを浮かべた文乃が小声で囁《ささや》いた。

左京はほっと安堵《あんど》の思いで正座を崩し、胡坐《あぐら》を掻《か》いた。

「およしはそれがしの行動になぜああも詳しいのだ」

「中間の一人が屋敷に持ち込んだ読売をご家老が読まれて、この大騒ぎの勲功第一は、座光寺左京為清様のはずとおよし様に不満をお漏らしになられたのが発端です」

「そんなことであろうとは思うたが……」

「およし様はなにがなんでも左京様を交代寄合座光寺家のご当主に相応《ふさわ》しい言動にお直し申すと心を固めておられます」

「文乃、おれはつい先日まで伊那谷を駆け回っていた山猿だぞ。家来が主になってまだ一月《ひとつき》と経《た》たぬわ」

「文乃は承知です。ですが、およし様は、鉄は熱いうちに鍛《う》てと張り切っておられます」

「老女どのの無益な張り切りは困ったものだぞ」

屋敷の中でこのように正直な胸の内を打ち明けることが出来るのは文乃だけだった。

「およし様の気持ちも分からぬではございません」

「どういうことか、文乃」

「江戸に参られた本宮藤之助《ほんぐうとうのすけ》様を先代の左京様瓜二つと検分なされて以来、なんとしても立派な旗本家当主の座光寺左京為清様にご教育申し上げるという悲壮な覚悟をなされておられます。なにしろ先代があのような養子様にございましたゆえな」

「窮屈じゃのう」

左京は文乃が運んできた大福を手で摑《つか》み、口に放り入れた。

「美味《うま》いな」

思わず声を洩《も》らした。

「左京様、旗本家の主はそのように大福を手摑みにすることもなく、一口で召し上がってもなりませぬ。旗本家では食べ物の美味《おい》しい不味《まず》いを口にするのはご法度《はっと》にございます」

「美味いものを美味いと誉めてはいかぬか」

「もし高貴の方が不味いと口になされれば厨房のだれかが責めに感じて命を絶たれることもございます」

「文乃、饅頭《まんじゆう》を不味いと申せば饅頭職人が腹を切るか。それならば饅頭屋の職人のなり手はないぞ」

「まあ、そうではございますが。ともかく旗本家の奥は習わしでがんじがらめに縛られております」

と町家から行儀見習いに上がっている文乃が笑った。

「あまりあれこれ申すと伊那谷に帰りとうなる」

「左京様、本気ですか」

今度は文乃が真剣に心配した。

「案ずるな、そなたゆえ言ってみただけだ」

「そのような言動は文乃の前だけにしてくださいませ」

左京は口の周りについた饅頭の粉を拳《こぶし》でぬぐい、茶を喫した。

その時、また人の気配がした。廊下に玄関番の若侍谷口《たにぐち》平助《へいすけ》が姿を見せた。

「左京様、浅草山谷の巽屋から使いにございます」

「おっ」

と左京が思わず喜色の声を上げ、

「おい、平助、このことおよしはすでに承知か」

と聞いた。

「いえ、左京様へとお名指しゆえにこちらに参りました」

「よしよし」

と立ち上がろうとするのを文乃が制し、

「私がまずご用件を聞いて参ります」

と言った。

「なにっ、これも駄目か」

「大将は陣営の床机《しょうぎ》にどっしりと構えておられるものです。川中島の合戦の武田信玄《たけだしんげん》様の落ち着きを思い浮かべて下さいませ」

文乃が平助と一緒に表口へと消えた。しばらくすると文乃が兎之吉《うのきち》を伴ってきた。

「さすがだな、文乃」

にっこりと微笑んだ文乃が直ぐに下がった。

「兎之吉、なんぞ用か」

「退屈しておられますな」

「だれぞにな、見張られて自由に身動きもつかぬ」

にたり、と笑った兎之吉が、

「屋敷のお許しがあれば旅仕度でお出かけ下さいと親分の言付《ことづ》けです。でもこれでは無理ですかねえ」

と首を捻《ひね》った。

「なにっ、それがしを旅に招くというのか。行きたいものだな」

「なりませぬぞ。そうそう勝手に旗本家の主が旅に出られるものですか」

とどこで聞きつけたか、引田武兵衛が顔を見せた。

「やはり駄目か」

「御用向き以外は外泊すらままならないのが旗本御家人にございます。旅などもっての外、まずは御目付のお許しを得なければなりませぬ」

左京が兎之吉の到来に一瞬喜んだが、ぬか喜びに終わりそうで悄然《しょうぜん》と肩を落とした。

「ご家老様、左右次の言付けにございます。稲木楼の抱え女郎瀬紫《せむらさき》の行方が知れたゆえ、神奈川宿まで座光寺左京様にご出馬願いたいというものにございました。これではご無理でございますな。ならば兎之吉はこのままお暇《いとま》申します、へえっ」

と立ち上がろうとした。

「待て、兎之吉」

「へえ、この他になんぞ御用で」

「左右次は確かに瀬紫の行方が知れたと申したのだな」

「へえっ」

と答えた兎之吉が、

「わっしはこれで」

「待て、待たぬか」

「まだなにか御用で」

「左京様直々《じきじき》にご出馬をと左右次は確かに申したのだな」

「ご家老、何度も申し上げましたぜ。これはうちのこっちゃねえ、座光寺家の浮沈に関わる話、兎之吉、急いで山伏町まで知らせろと命じられて浅草山谷から急ぎ上がってきたんだが無駄でした」

うーむ
と武兵衛が唸《うな》って考え込んでいると、そこへ文乃が左京の旅の諸道具あれこれを持参した。

「文乃、手回しがよいな」

左京が再び喜びの声を上げた。

「左京様、鳥が鳥籠を放れるのは一時《いっとき》のことにございますよ」

「分かっておる。それがしの住まいはこの屋敷だからな」

二人の問答を聞いていた武兵衛が、

「致し方ございませぬ。なんとしても瀬紫を生け捕りにしてきて下され」

と許しを与えた。

浅草に戻る道々兎之吉は、

「親分は稲木楼で待っていますんで。瀬紫の一件もそっちから出た話のようですぜ」

と左京に説明した。

「ならば稲木楼仮宅に参ろうか」

半刻後、座光寺左京は稲木楼の浅草山ノ宿の仮宅の帳場で主の甲右衛門《こうえもん》、巽屋左右次の二人と対面していた。

「左京様、過日はお手柄にございました。これまで居直り強盗に押し込まれた妓楼《ぎろう》はそれぞれ半分ほどの盗まれた金子が戻り、大喜びでございますよ。特に二階回しの中造を殺された角伊勢は、これで中造も成仏《じょうぶつ》できるとほっとなさっておりました」

と甲右衛門が笑いかけ、さらに破顔で言い足した。

「いやはや、あの夜以来、読売でうちの名を知った客が詰め掛けましてな、連夜女郎も私ども帳場もうれしい悲鳴を上げております」

「それはなによりであった」

「左京様、これはお約定《やくじょう》の金子にございます」

と甲右衛門が袱紗包《ふくさづつ》みを左京の膝の前に差し出した。

「主、あれは居直りを釣り出すための策である。そのような斟酌《しんしゃく》は無用に致せ」

「満天下に百両を差し上げると約束したのですよ。私ども五軒の妓楼は連日連夜の客で二十両ずつの出し分なんてとっくに取り戻しました。これは座光寺左京様が受け取られるべき金子です。どうか快く懐に納めて下され」

「これは困った」

「百両を貰ってくれと差し出され、困ったと思案なさる人なんて当節おりませんな」

左右次が苦笑いしながら言い出した。

左京は腕を組んでしばし思案した。

「巽屋、それがしだけが動いたわけではない。そなたらの助けがあったからこそ四人を捕縛できたのだ。すまぬが皆で等分に分けては貰えぬか」

「いろいろとお考えをひねり出されますな。わっしらには被害に遭《あ》った妓楼からご褒《ほう》美《び》の金子が出ておりますんで。その金子は座光寺左京様の取り分にございます」

「驚き入った次第かな。それがし、これまで百両などという金子見たこともない」

「金子は邪魔にはなりませんや、甲右衛門様方のお気持ち、快く納めて下さいな」

左右次の言葉に左京も腹を決めた。

「稲木楼、有り難く頂戴致す」

甲右衛門がさらに左京の膝元に押し出し、左京はずっしりと重い切餅四つを両手で頂戴した。

左京は本来の話題に戻した。

「巽屋、瀬紫が神奈川宿にいるというのはほんとうか」

「左京様、稲木楼に来て頂いたには理由《わけ》がございますんで」

左右次は甲右衛門を促すように見た。

「へえっ」

と頷いた甲右衛門が、

「うちの馴染《なじ》みにねえ、なんでも屋の旦那がおられるんで。なんでも屋ってのは屋号じゃあございません。ともかくこの旦那ときたら、新しいものにはなんでも手を出されるんだ。去年の春先、亜米利加《アメリカ》とかいう国とさ、幕府がなんぞ取り決めをなさりましたな」

安政《あんせい》元年（一八五四）三月三日、幕府はペリー黒船艦隊の軍事的な威圧に負けて、神奈川宿で日米和親条約全十二ヵ条を締結していた。

条約の基本は、下田、箱館《はこだて》二港の開港、薪水、食料、石炭などの供給、さらには二つの港に乗組員の遊歩区域を設ける事などであった。

わずか十二ヵ条の取り決めだが二百五十年余にわたって鎖国政策を幕藩体制の基本に置いてきた幕府にとって大転換であった。これを切っ掛けに英国、露西亜《ロシア》と次々に和親条約を締結することになった。

伊那谷にも黒船来航以来の動きと和親条約の締結という驚愕の知らせは届いて、藤之助らは、

「亜米利加という国はどこにあるのだ」

「黒船は帆も張らずに進むというぞ」

と言い合った記憶があった。

「なんでも屋の旦那は神奈川宿の新開地、横浜が開けるというんで、新しい商いの種を探しに横浜に行かれたそうな。そこで瀬紫を見かけたというんですよ」

「確かなことであろうか」

「なんでも屋の旦那と瀬紫は馴染みの女郎と客の間柄、まず見間違うことはございますまいよ」

と甲右衛門は含みを持たせた言い方をした。

「新開地の湊近くにその名も吉原という曖昧宿《あいまいやど》がございますそうで。瀬紫はそこの女将《おかみ》に化けていたというんですがねえ」

「となると見ただけではなく話も交わしておるな」

「わっしの勘では話どころか、二人は曖昧宿で情けを交わしておりますな。こいつは確かな話ですよ」

「いつのことであろうか」

「なんでも屋の旦那はおよそ十日前のことだと申しております」

左京は左右次の顔を見た。

「左京様、参られますかえ」

「むろん行く」

「ならば兎之吉をつけます。兎之吉も新開地は初めてだが、探索は江戸も横浜も変わりはございますまい。それに神奈川宿には兄貴分の御用聞きもおります。瀬紫をとっ捕まえた後の手続きは兎之吉が承知していまさあ」

左京は頷いた。

「善は急げ、これから出かけよう」

「今から出たら六郷《ろくごう》川に到着する時分には川渡しが終わっておりますよ。それより明朝七つ（午前四時）発《た》ちなせえ。わずか六里ほどだ。左京様と兎之吉なら、明日の昼過ぎには新開地に着いておりましょう」

頷いた左京は膝の上の百両の始末を思案した。

「親分、すまぬがこの金子、屋敷の武兵衛に届けてくれぬか。正月の餅代になろうでな」

「へえっ、確かにお預かり申しました」

と左右次が袱紗包みを受け取って、その件は落着した。

二

明け六つ（午前六時）の時鐘の音を左京と兎之吉の二人は品川宿を二つに分断する目黒川に架かる橋上で聞いて、足を止めた。二人とも旅仕度で左京は文乃が用意した道中羽織に道中袴《ばかま》、頭には塗一文字笠を被《かぶ》っていた。腰には藤源次助真《とうげんじすけざね》と座光寺家四代目の喜兵衛為治《きへえためはる》が鍛造した脇差《わきざし》を差した。そして、懐に伊那谷から持参した小鉈《こなた》を入れていた。使い慣れた得物だ、なんの役に立つかも知れぬと持参したものだ。

「腹ごしらえをしていきましょうかえ」

と御用旅に慣れた兎之吉が橋の袂《たもと》の、旅人目当ての一膳飯屋に入った。

通りに面した縁台に座るには寒い季節だ。二人は敷居を跨《また》ぎ、土間を挟んで左右の壁際に幅一間の板敷の小上りに草鞋《わらじ》を脱いで上がった。

「おはな婆さん、元気かえ」

注文を取りにきた小女に兎之吉が聞いた。馴染みの店のようだ。

「はあーい、元気すぎて周りが困っていまーす」

と語尾をのばして謡《うた》うように答える小女に、

「そいつはなによりなこった。姉さん、菜《さい》は見繕ってくんな」

と朝餉《あさげ》を注文した。

「菜は鰯《いわし》の丸干し、大根おろしに油揚と豆腐の味噌汁にお新香でーす」

「結構結構」

注文の品を運んできたのが最前の小女と腰の曲がった老婆だった。

「兎之さん、大山参りかねえ」

「あの世が近いおはな婆さんと違わあ。こちとら、信心にはとんと縁がねえや。横浜村まで御用の旅だ」

「ならばしっかりと腹ごしらえしていくこった。御用先でぽっくりいかねえともかぎらないからね」

とおはなが兎之吉にお返しをして、左京の顔を見上げた。

「おまえ様は仁王様のように大きいねえ」

おはな婆さんが感心した。

店に入ってきたのを台所からでも見ていたか。なにしろ兎之吉が五尺そこそこの小柄、左京は江戸に出てからさらに背丈が伸びたようで二人の差は一尺もあった。

「婆様《ばば》、この方は旗本家の若殿様だ」

「どうりで兎之さんと違い、顔立ちに気品があるよ」

「ちえっ」

何倍も言い負かされた兎之吉が折敷膳《おしきぜん》の箸《はし》をとった。

油揚と豆腐の味噌汁には刻み海苔《のり》が振りかけてあった。

「婆どの、馳走になる」

「お侍、おまえ様は若いんだ。まんまは好きなだけお代わりしなせえよ」

おはな婆さんが言い残すと奥へ引っ込んだ。

左京は合掌して膳に向かった。

江戸を発《た》った旅人が朝餉に立ち寄る刻限で、店は引っ切りなしに客の出入りがあった。

「兎之吉は異人を見たことがあるか」

「江戸育ちですぜ、春先には長崎から阿蘭陀《オランダ》かぴたんの一行が上がってくらあ。そんでさ、宿泊所の長崎屋まで見物にいったこともありますからね」

「そうか、阿蘭陀商館長の参府があったな。だが、此度《こたび》の黒船騒動、阿蘭陀とは違う国じゃそうな」

「亜米利加とかおろしゃとかえげれすとかいろいろ読売が書きたてやがるが、ようはどれも赤顔のでけえ男たちだろう」

兎之吉の異国観はさっぱりとしていた。

左京とて兎之吉ほどの知識もない。伊那谷の暮らしでは異人も外国も想像外の出来事だった。

弘化《こうか》から嘉永《かえい》（一八四四〜一八五四）と時代が変わる頃から相次いで外国船が日本近海に姿を見せるようになっていた。

幕府は幕藩体制の根幹、鎖国政策を死守しようと上陸してきた亜米利加船員たちを捉えてはせっせと長崎に移送し、本国へ送り返す手立てを繰り返した。

そんな時期、日本に顔を見せたのは政府要員などではなく捕鯨船に乗り組むような水夫らが多かった。

幕府は必死の厄介払いで事を済ませようとしたが、土地の人間たちは異国船に関心を示したり、中には水夫ら相手に物売りを始めるものもいた。

嘉永二年（一八四九）には英国船マリナー号が日本国調査の先遣隊として姿を見せた。

土佐の漁師で出漁中に遭難し、亜米利加に流れ着いて十年の歳月を過ごしたジョン万次郎が琉球《りゆうきゆう》に帰着したのは嘉永四年（一八五一）のことだ。

見知らぬ世界があちらから急接近していた。

そして、ついに嘉永六年（一八五三）六月、亜米利加のペリー黒船艦隊が浦賀《うらが》水道を越えて内海へと入り込んできた。

亜米利加東インド艦隊の蒸気船サスケハナ号とミシシッピ号、帆船プリマス号とサラトガ号の四隻だ。黒い煙を吐きながら浦賀に向かう艦隊の通過に幕府の砲台はただ沈黙して見送るしかなかった。

驚愕のあまりどう対応すべきか答えが出せずに迷走し、醜態をさらしたのは幕閣であった。

幕府は鎖国下にあって唯一つ開港していた長崎への回航を迫った。だが、亜米利加はこれを拒み、将軍に宛てた大統領フィルモアの親書を手渡した。幕府は受け取ることを躊躇《ちゅうちょ》した。だが、黒船側は国書を受け取らなければ、

「砲撃も辞せず」

と強談判《こわだんぱん》に及んだ。

黒船艦隊は再び来航することを通告して浦賀から姿を消した。一方、この年の十二月には肥前《ひぜん》長崎におろしゃの艦隊が入港し、日露条約締結に向けての協議が始まっていた。

ペリー黒船艦隊が再び江戸湾に姿を見せたのは翌年の嘉永七年（一八五四）正月十六日のことだ。武力に威圧された幕府はついに十二ヵ条を受け入れ、日米和親条約が成立することになった。

徳川幕府開闢《かいびゃく》から二百五十余年、鎖国政策は大きく綻《ほころ》び、海の向こうから次々に大きな波濤《はとう》が押し寄せてきていた。

幕府では列強の軍事力に対抗せんと伊豆代官にして海防掛《がかり》を命じられた江川太郎左衛門英龍《えがわたろうざえもんひでたつ》に命じて、品川沖に砲台を築造させた。また薩摩《さつま》藩では列強と同じような仕組みで動く蒸気船を建造して試運転をさせたりした。だが、軍事力、科学の知識など彼我《ひが》の差は歴然としていた。

朝餉を食し、再び草鞋の紐を結び直した二人の目に江川太郎左衛門が指揮して造らせた品川砲台が映った。

「異国船の大砲は何里も飛ぶんですってねえ。それにさ、鉄の弾が当たると爆発してえれえ力を見せつけるんだと。その反対にうちの大砲はよ、年寄りの小便だ、足元にちょろちょろぽとりだ」

と兎之吉がどこで得たか、知識を披露した。

左京はふと、

「剣の時代は終わったか」

とそのことに思い至った。

だが左京には伊那衆座光寺家を守り抜く使命が与えられていた。そのためには剣の技を磨き、胆《たん》を練ることだ。それしかないと思い直した。

品川宿を出た二人は鮫洲《さめず》、鈴ヶ森、不入斗《いりやまず》、大森、蒲田、雑色《ぞうしき》と一気に飛ばして、六郷の渡しに到着した。さらに市場、鶴見、生麦《なまむぎ》、子安を過ぎて、神奈川宿に到着した。

左右次が予測した昼過ぎの刻限だった。

「左京様、瀬紫が見られたのはこの先の新開地の横浜村ですがねえ、土地のことは土地の人間に聞くのが一番だ。神奈川宿は浦島の伝蔵《でんぞう》親分が一家を構えておられる。まずはそこを訪ねたいのですがねえ」

「兎之吉、探索はそなた任せだ」

「へえっ」

神奈川宿の地名は宿を流れていた上無川という流れから起こったとされる。

二人は間もなく神奈川本陣近くに一家を構える浦島の伝蔵親分宅の戸口に立った。

「おや、浅草の兎之さんじゃねえかえ」

広土間でどてらを着た初老の男がラウ屋に竹管《ラウ》を替えさせていた。ラウはラオとも呼ばれ、ラオス産の竹を使ったからこう呼ばれるようになったのだ。

「伝蔵親分、お久しぶりにございます」

「こちらこそ無沙汰《ぶさた》をしていらあ。大地震の報を聞いて心配していたが弟分も一家も元気かえ」

「へえっ、なんとか地獄を掻い潜《くぐ》って全員が息災にしていまさあ」

「そいつはなによりだ。今日はお武家さんの供ならば御用旅とも思えねえな」

「それが御用なんで」

竹管を替えたラウ屋が黙って伝蔵に差し出した。伝蔵は一、二度、吸い口に息を吹

き込んでいたが、

「まあ、こんなとこか」

とどてらの懐から財布を出して竹管の交換代を払った。

「毎度あり」

とラウ屋が通りへ出て行った。

「兎之さん、年寄りがなんぞ役に立つかねえ」

ラウ屋が消えて伝蔵が御用の話に戻した。

「伝蔵親分、狙いは横浜村の曖昧宿だ」

と吉原の妓楼稲木楼の抱え女郎瀬紫の悪行をざっと告げた。

「驚いたねえ、あの大地震にそんなことをやってのけた女郎がいたかえ。稀代《きたい》の悪女だねえ」

と感心した伝蔵が、

「幕府ではお許しがねえがさ、開港目当てに唐人なんぞが入り込み、商いの仕度を始めているという話だぜ」

「毛唐もいるかえ」

「いるって話だがおれは見てねえ」

と答えた伝蔵が、

「赤毛は神奈川宿の開港を談判していると聞いた。だが、神奈川宿は東海道の宿場町だ、幕府としてはなんとしても避けてえや。そこでよ、ペリーとかいう異人の頭分と和親条約を結んだ横浜村の洲干島《しゅうかんじま》を埋め立ててよ、新開地を造り、そこに新たに湊をこしらえ、異人を集めようという算段らしい。長崎の出島と同じく異人を囲い込もうという腹積もりだろうがうまくいくかねえ。ともかくだ、神奈川宿にしろ、横浜村の新開地にしろ、異人たちも土地の人間も幕府の思惑は別にして、すでに下準備に走り出していらあ」

と伝蔵が苦笑いした。

江戸の城中で無駄な議論を繰り返している幕閣の者より異国船に接している伝蔵らのほうが激動の時代が到来することを察知して、現実的な考えを持っていた。

「兎之吉、そんな潜《もぐ》りで入ってきた毛唐や唐人相手に曖昧宿が出来たとは聞いていた。ここは年寄りのおれが出る幕じゃねえ。若い者をおめえにつけようか」

「助かるぜ、親分」

「直ぐにも横浜村に行くかえ」

「瀬紫って女は妙に勘が働きやがる。少しでも早く様子が知りたいや」

頷いた浦島の伝蔵が奥に向かって、

「十之助《じゅうのすけ》、巽屋の道案内をしねえ」

と叫んだ。

十之助は年の頃、三十前か。腹がぽこりと出るほど小太りの手先だった。

「兄い、宜《よろ》しく引き回してくんな」

と兎之吉が十之助に仁義を切ったのは浦島の伝蔵一家を後にして横浜村の新開地に向かう道中だ。

「なかなかの女のようだねえ」

十之助は玄関先の問答を聞いていたか呑み込み顔で言った。

「大地震の夜に八百四十余両は持ち逃げする。さらにその金で仮宅を設けてよ、おれっちの手が迫ったと知るや、さっさと尻に帆かけて逃げやがる。捕まれば獄門台は間違いなしの女だ。向こうも必死だろうぜ」

十之助は左京が同行したことが腑《ふ》に落ちないという顔をしていたが、さすがに他所《よそ》の一家の事件だ。そのことを問おうとはしなかった。

幕府がペリー提督との日米和親条約締結の場所に選んだ横浜村洲干島は戸数百一戸の小さな漁村で、神奈川宿からは地つづきだ。

「幕府はなんとしても参勤交代の行列が通過する神奈川宿に異人を入れたくない一心でねえ、外国奉行の水野様が洲干島に道を整え、波止場を築き、運上所の土地を確保していなさる。まあ、見てみねえ」

亜米利加を始め、列強は即刻の江戸と大坂の開市と開港を望んだ。だが、幕府は必死の抵抗で、この二都市と兵庫の開港を数年後に先送りすることになんとか成功していた。

だが、外国の力の前に日本の鎖国政策がずたずたにされ、主要都市の開港が迫られるのはだれの目にも分かっていた。

そこで幕府は江戸に異国の船を近付かせないためにも横浜村洲干島に急ぎ新開地を造成し、そこに異国船を停泊させ、異人たちを一箇所に集める居留地策に猛進していた。

左京は潮の香りを嗅《か》ぎ取った。

新開地にぽつりぽつりと明かりが点《とも》っていた。

「瀬紫は曖昧宿の女主なんだね」

十之助が念を押した。

「吉原で馴染み客だったなんでも屋はそう言ったがねえ。それにさ、深川で一度は仮宅の女主になった女だ。そこでも二百五十両も懐に入れて逃げたんだ、まず女郎に戻ることはあるまいよ」

「兎之吉さん、何軒か心あたりがある。そいつを順繰りに巡っていこうか」

「頼む」

「脅すようだが、一つだけ念を押しておこうか。一年半前の洲干島は長閑《のどか》な漁村さ。それがペリーだかハリスだかが頭《かしら》の黒船が来て、この地で条約を結んだ後、がらりと様子が変わった。鼻が利いた胡散臭《うさんくさ》い商人やら人殺しなど屁とも思わねえ連中が出入りして、今や土地の人間でも日が落ちたら家から出ないでひっそりして暮らす、無頼の新開地になりやがった。朝、起きたらどてっ腹を抉《えぐ》られた死体が海に浮かんでいるなんてことも茶飯事だ。いいかい、闇からなにが飛び出してきても驚かないことだ」

「十之助、一番の厄介はなんだな」

左京が聞いた。

「西洋短筒《たんづつ》だ。何発も続けざまに弾丸を撃てるし、なにより火縄なんぞまどろっこしいものはなしだ。引き金を引けばいきなり鉄砲弾が飛び出す仕掛けよ。いくら剣術《やっとう》の達人でも連発式の短筒には敵《かな》わねえ」

十之助が言ったとき、三人は整地した辻に出ていた。そこには左京が見たこともない三階建ての異人館が建っていた。

赤い光を放つランタンが点された洋館は建物の角に入り口があった。石段を三段ほど上がった玄関口に首に綿を包み込んだ布を巻き、派手などてらを羽織った女が三人を見下ろした。

「なにか臭《にお》うねえ、くさいよ」

「お蝶《ちょう》、ちょいと聞きてえ。江戸の吉原にいた女が主の曖昧宿を知らないか」

「お門《かど》違いだねえ。うちは土地の人間だけだよ」

「異人も毛唐も土地の人間か」

「しつこいと塩を撒《ま》くよ」

「お蝶、瀬紫という名の女がいたら浦島の伝蔵まで知らせるんだぜ」

「あてにせず待ってな」

十之助の案内で兎之吉と左京はこの後も三軒の曖昧宿を回って歩いた。どこもけんもほろろの応対だった。

新開地の人間は御用聞きなどなんの脅威とも思ってないのだ。

この横浜村洲干島には新開地の定法が存在していた。

力のあるものがのさばり、生き残るという定法だ。

新開地の闇が深くなった。

兎之吉も左京も十之助の案内で直ぐに瀬紫に辿《たど》りつくなどとは考えてなかった。まず新開地を揺さぶる、江戸から瀬紫を探しにきた人間がいると相手に覚《さと》らせればいいと考えていた。

「どうします、兎之吉さん」

十之助が疲れた声で問うた。

「どこぞで腹を満たしますかえ」

「ならば神奈川宿に戻ったほうがたしかだぜ」

三人はその時、新開地に普請《ふしん》中の洋館が何軒かならぶ通りに立っていた。

左京は冷気の中に違和感を察知していた。

「無駄ではなかったようだ」

左京の言葉に兎之吉がはっとして辺りを見回した。

闇が揺れた。

左京が揺れた闇に向って突き進み、闇から三つの影が飛び出してきた。遠くから洩れてくる明かりに匕首《あいくち》が光った。

「兎之吉、十之助、地面に伏せよ!」

そう命じた左京は藤源次《とうげんじ》助真《すけざね》を抜き打つと先頭の一人の肩口に叩きつけた。

げえっ
闇に絶叫が響いた。

左右から二人が襲いきた。

左京は右手に飛び、助真の切っ先で相手の動きを牽制すると立ち竦《すく》む男の胸を右足で蹴り倒し、その反動で横手に飛ぶとそのまま回した助真で胴を抜いていた。

三人が一瞬の間に倒されていた。

再び闇に殺気が走った。

一人が左京に向かい突進してくると間合いに入る直前で蜻蛉《とんぼ》を切った。

虚空に身を浮かせ逆立ちした相手は器用にも手を伸ばして匕首を振るおうとした。

左京は身を屈めて避けた。前転した男が着地して反対の闇に姿を没させた。

五番手が横手からきた。

相次ぐ襲撃者を避け、倒した。

そんな戦いの中、闇の一角に新たな殺気を感じた。だが、その闇が揺れ動くことはなかった。

左京は左手一本に助真を持ち変え、空いた右手を懐の小鉈《こなた》に伸ばしていた。迷う暇はない。柄に手がかかると同時に手首が捻《ひね》られ、闇に投げられた。

げええっ！

という悲鳴と銃声が同時に起こった。

闇が動いて影がゆらゆらと姿を見せた。だらりとした長衣を着た唐人のようだ。その眉間に左京が投げた小鉈が突き立っていた。

ぽとり

と手の短筒が地面に落ち、前のめりに転がった。

「さ、左京様」

兎之吉が呟き、左京は相手に近寄ると小鉈を抜き取った。

「兎之吉さん、危《やば》いぜ。お侍、逃げるぜ！」

十之助の切羽詰った声がして、左京と兎之吉は十之助の後に従って、走った。

三

左京と兎之吉は神奈川宿外れの木賃宿で目を覚ました。

新開地横浜村洲干島に日雇《ひより》とりの仕事を探しにきた連中が泊まる宿だ。旗本千四百余石の当主が寝泊まりする宿ではなかった。

昨夜半、土地者の十之助が木賃宿の主を叩き起こすと、

「十さん、殺生《せっしょう》だぜ、こんな夜中に客なんぞをつれてきてよ。部屋は客で一杯だよ」

と老爺がいうのを、

「江戸から御用で出張《でば》った兄弟分だ、断ることはできねえ」

と強引にも左京と兎之吉を押し込んだ。

十之助も新開地で騒ぎを起こした左京らを厄介払いしたかったのだろう。二人を残すとさっさと姿を消した。

筵《むしろ》を敷いた小部屋に夜具一枚で横になったが寒さを凌《しの》げるだけでも有り難かった。

「左京様、昼過ぎかねえ」

兎之吉が外から差し込む光を見ながら左京に言った。

「八つ（午後二時）にはなっておろう」

二人は小部屋を這《は》い出すと台所に接した板の間に行った。囲炉裏《いろり》の火がちょろちょろと燃えていた。

「親父、なんぞ食うものはねえかえ」

兎之吉が竈《かまど》の前に座る木賃宿の主の老爺に声をかけた。

「お天道様はもう傾きかけていらあ」

「そう邪険にいうねえ。人は様々だ、おれっちみてえに他人様が寝ているときに御用を務める者もいるってことよ」

「雑炊でいいか」

「結構結構」

雑炊を頼んだ二人は木賃宿の裏手に回り、井戸端で顔を洗った。

左京はそのついでに唐人と思《おぼ》しき襲撃者の眉間に突き立てた小鉈の刃についた血を洗い流した。

「肝を冷やしましたぜ」

「新開地は闇が深いな、なにが隠れておるか分からぬ」

「瀬紫め、えらいところに逃げ込みやがった」

桶に汲んだ水に手をつけた兎之吉が、

「うわっ、冷てえや」

と身を竦ませた。

「師走《しわす》はすぐそこだ」

「左京様、どうします」

「昨晩の者どもはなぜわれらを襲ったのであろうか」

「瀬紫の差し金と言われるので」

「そうとばかりは言い切れぬが物盗りとも思えぬ」

「いきなり匕首を片手に突っ込んでくる物盗りはそうはいませんや」

「となると瀬紫の線が強いな」

「わっしらが訪ね歩いた異国人相手の曖昧宿は四軒、そのどこかに瀬紫が関わっていやがったか」

「ともあれなんでも屋が稲木楼の甲右衛門に話した一件には確証があったということであろう」

「今晩からどう動きます」

「もはや面体は割れておる。今さらなんぞに扮したところで無駄であろう。日が落ちたら、われら二人でまた四軒を順繰りに訪ね歩く。昨晩のように瀬紫の気配が漂うやもしれぬ」

「そうですねえ、ほかに思案もないものな」

二人は井戸端から囲炉裏の板の間に戻った。すると丼に温め直された雑炊が盛られ、大根の古漬けも添えられていた。

二人は何度も温め直され、味の染みた雑炊で腹を満たし、また仮眠した。

座光寺左京と兎之吉が動き出したのは暮れ六つ（午後六時）過ぎだ。木賃宿には一日の疲れをこびりつかせた、汗臭い男たちが次々に戻ってきた。

「おめえさん方、今晩も夜中に戻ってくる気か」

兎之吉から旅籠《はたご》賃を受け取った老爺が聞いた。

「さあてな、先様次第よ」

「だれぞを探していなさるか」

「吉原から足抜けした女郎を探しているのさ」

と兎之吉が曖昧に答えた。

「町方かと思ったが吉原の手先かえ」

老爺が腹掛けに銭を放り込みながら言った。

「そうとばかりも言い切れめい」

他人事のように兎之吉が答えた。

「女郎は神奈川宿の飯盛りに落ちたか」

「いやさ、新開地だ」

「洲干島か、厄介だな」

「爺さん、なんぞ手はねえか」

「島となりゃあ、浦島の親分の手先より役に立つ者もいないことはねえが、銭がかかるぜ」

「いくらだ」

「口利き料に一両」

「爺さん、足元を見るんじゃねえぜ。こちとら、素人じゃねえや、足抜け女郎の一人やふたり探し出すさ」

「思案があればそうするさ」

左京が兎之吉を制し、

「主、一分で手を打たぬか。騙《だま》しは許さぬ」

左京の視線をまともに受けた老爺が首を竦め、

「優しそうな面《つら》をしていなさるが厳しいね」

と呟き、

「新開地のことなら薪炭《しんたん》屋の三代目に聞くことだ。海っぺりに行けば直ぐに分かるさ」

と手を出した。

外洋を行く蒸気船、帆船、沖乗りの千石船にとって湊《みなと》に辿《たど》り着き、真っ先に世話になるのが薪炭、水、食料を扱う商人だ。それだけに船の出入りから湊の様子まで一番情報に通じていた。

薪炭屋の店先で兎之吉はえらいしくじりを演じてしまった。

「姉さん、三代目を呼んでくれめいか」

姉さんと呼んだ女はきりりとした顔立ちの若い女だった。

洲干島薪炭商相模《さがみ》屋の屋号入りの紺地の半纏《はんてん》を男伊達に着て、股引《ももひき》を穿《は》き、真新しい手拭《てぬぐい》で鉢巻をしていた。

「どちらさんで」

「江戸から来た者だ」

「用事はなんでございますか」

「三代目に直に頼もうか」

「どうぞ仰《おつしや》って下さいな」

「だからさ、それは……」

と苛立つ兎之吉を左京が制した。

「兎之吉、三代目はわれらの前の娘御だ」

「はっ」

と驚いた兎之吉が、

「まさかこんなに若《わ》けえとは」

と絶句した。

荒くれの船頭、水夫を相手の商売、まさか三代目が二十歳を二、三過ぎた娘で、器量よしとは兎之吉は考えなかったのだ。それもいなせな鳶《とび》の若頭か火消しの格好だ。

「三代目、名はなんと申す」

「おあきにございます」

「おあきさん、失礼をば致した。われら、仔細《しさい》があって一人の女の行方を追っておる。吉原の遊女で遊里にいた時分は瀬紫という源氏名《げんじな》で出ていた」

おあきが左京を正視した。

「お侍はどう見ても町方には見えませんね」

「交代寄合座光寺左京為清《ためすが》と申す。瀬紫を追うのは座光寺家の浮沈に関わるゆえのことだ」

「瀬紫さん、なにをやらかしました」

「先の大地震の夜、馴染みの客と語らい、妓楼の金子八百四十余両を強奪して逃げたばかりか、逃亡の最中に実父、実兄を殺害しておる」

「今もその客と一緒に洲干島に隠れておるのですか」

「客の武家はそれがしが斃《たお》した、尋常な立ち合いでな」

おあきが左京を凝視し、

「旗本家の当主とも思えない所業ですねえ」

と小首を傾げた。すると片頰に笑窪《えくぼ》ができて、若い娘の顔が笑った。

「瀬紫さんが新開地にいるなれば探して上げますよ」

「礼金はさほどは出せぬ」

「お侍は正直ですねえ、一晩時間をくださいな」

左京は頷いた。

薪炭商相模屋の三代目おあきと別れた二人は、再び洲干島新開地に戻った。最初に訪ねたのは昨晩と同じ派手などてらを着たお蝶が入り口に陣取る洋館だった。

「おや、また姿を見せたのかえ、度胸がいいね」

「昨晩は初回だ、今晩は二人で裏を返しにきたのさ」

「吉原じゃああるまいし、初回も馴染みもあるものか。新開地を嘗《な》めると海に浮くよ」

「昨日、すでに長衣を着た弁髪が現れたぜ。手に短筒なんぞ持ってな」

「おや、それでまだおまえさん方には足があるのかえ」

「今ごろ三途《さんず》の川を渡っているのは弁髪だ」

お蝶が腰に差した長煙管《ながきせる》を出して足元の煙草盆《たばこ》を引き寄せ、面倒臭げに一服する仕度をした。

洋館の中から甘酸っぱい匂いが漂ってきた。

お蝶はその匂いを消すためにわざと煙草を吸ったように左京は思えた。

「おらんを探しているって」

瀬紫の本名をふいにお蝶が言った。

昨晩は十之助が応対した。その時、瀬紫の本名を告げたわけではなかった。だが、お蝶は承知していた。

「三河島《みかわじま》村生まれのおらんを承知のようだな」

左京が念を押した。

女は悠然と煙草を吹かし、煙を吐いた。するとランタンの赤色に煙草の煙が染まった。

「洲干島から姿を消したと聞いたがねえ」

「どこにだえ」

兎之吉が念を押した。

「それを調べるのがおまえさん方の仕事だろうが」

女は平然と答えた。

「おらんはもはや洲干島にはいない、私が知るのはそれだけさ」

女は煙草盆でぽんぽんと灰を叩き落とした。

「お蝶、火種を借りようか」

兎之吉が足元の煙草盆の火種を用意していた火縄に点《つ》けた。

「火種なんぞで島の闇は消しきれないよ。私ならさっさと江戸に引き上げるがねえ」

お蝶の声を二人は背で聞いた。

広大な新開地洲干島のあちらこちらに毒々しい明かりが点り、闇からにゅうっと現れた遊客たちが光に吸い寄せられる蛾のように中へと消えていった。

お蝶と別れておよそ一刻後のことだ。

「左京様、倭人《わじん》の女郎が異人相手に商売しているだけではありませんぜ。異人の女郎が混じっていると見ましたがねえ」

「異人の女も島にはいるとな」

「わっしはそう読みました。そうじゃなきゃあ、遊びに慣れた男たちがあいそいそと奇妙な館の中に吸い込まれていくものですか。異人の商人は商売上手と聞いたことがございます、あの館の中には博奕《ばくち》場あり、酒あり、女郎あり、ついでに阿片《あへん》もおいてある」

左京には想像もつかない世界だった。

「その世界を守る怪しげな男たちもおる」

すでに二人はそんな尾行を受けていた。

左京と兎之吉は闇の中に点在する赤い光の館を歩き回った挙句に石垣に波が打ちつける船着場に出た。

潮の匂いがして、闇の海に小さな明かりが移動していくのが見えた。異人たちが密かに洲干島と沖の船とを往来する明かりのようだ。

「さて二晩続けて鬼が出るか蛇《じゃ》が出るか、はたまた怪しげな毛唐が姿を現すか」

火種の火縄が消えないようにぐるぐると回す兎之吉が呟いた。

「幕閣ではこのような無法をご存じないのか」

「むろん承知でさあ。だが、今の幕閣は、異人相手に一命を賭けようという腹が据わった老中も若年寄もいねえということですよ。外国奉行に、追い払え、江戸湊に船を入れるなと命じたところで将軍様のご寝所近くに乗り込んでくる蒸気船を止めることができるものですか。黒船の後には得体の知れない男たちが従っていると見ましたがねえ」

遊びの極みの吉原で裏の世界を長年見てきた兎之吉が推測した。

二人の背後の闇が揺らいだ。

「出たな」

兎之吉が懐に用意していた小田原提灯を取り出して火種を提灯の灯心に移し代えた。

ぼおっ
とした明かりが広大で深い闇のほんの一角を照らして点じられた。

着流しの男たちが六人、懐手で立っていた。だれも頬が殺《そ》げ、不気味にも鈍い光を放つ双眸《そうぼう》の男たちだった。

風にまた甘酸っぱい匂いが紛れた。

「どさんぴん、旗本家の主でいたかったら、このまま島から消えねえ。新開地に骸《むくろ》をさらす前にな」

餓狼《がろう》の兄貴分が呟くように警告した。投げやりの言い方には脅すというよりも事実を告げている、そんな様子があった。

「左京様、こやつら、阿片に溺れてやがる」

兎之吉の声に恐怖が滲《にじ》んだ。

甘酸っぱい匂いが阿片か。

左京は緊張に身を引き締めた。

片桐朝和神無斎《かたぎりあさたかじんむさい》がいつか話した言葉を脳裏に思い浮かべたからだ。

「人間はときに尋常と思えぬ力を発揮する場合がある。普段は持ち上げることもできない船簞笥《ふなだんす》を火事場で担いで運んだという類《たぐい》だ。剣の修行は、このように尋常では推測もつかぬ力を体内に溜《た》めるために行なうものだ。それが自在に使いこなせれば達人の域である」

と一門の門弟に告げた朝和は、

「今ひとつ、子を守らんとする母親とな、阿片などに溺れた人間もまた異常な力を発揮する。時に剣術を長年修行した者さえ打ち負かすことがある。女だからといって油断を致すな」

　と言い足したのだ。

　左京は相手の双眸を確かめた。

　瞳孔が窄《すぼ》まり、鈍い光を放って左京たちを見ていた。だが、両眼から感情が失せていた。

「昨晩も姿を見せたと同じ手合いか」

　兄貴分は左京が見たこともない刃物を懐から出し、逆手に持った。

　十字の鍔《つば》が嵌《は》め込まれて、刃渡りは八寸ほどか、反《そ》りが強い刃先は鋭利に尖っていた。

　左京は迷わず小鉈を摑んだ。

　兄貴分の背後に手先たち五人が控え、すでに匕首《あいくち》を構えていた。

　だが、熱く燃える戦いの緊迫に欠けていた。

　男たちが漂わす表情は投げやりとも思える虚無、失われた正常だ。すべて尋常ならざる力を発揮するという阿片の力だろうか。

「そなたら、瀬紫の差し金か」

「瀬紫なんて女は知らぬな」

「おらんならどうだ」

「おれがおめえならおらんのことなど詮索せず、このまま江戸に帰るがねえ」

そう言い放った兄貴分が気配もなく踏み込もうとした。

女は瀬紫の名を捨て、おらんで生きているようだ。

左京はただ男が手にした異国の刃物とそれを掴む手を見ていた。

襲撃者の双眸《め》の変化を読もうとしたところで無駄だった。阿片のせいで冴《さ》え冴《ざ》えしたはずの脳髄が命じる動きは両眼よりも刃物を持つ手に現れるはずだ、左京はそう考えていた。

兎之吉が持つ提灯の明かりに体ごとぶつかってこようとする二人の男の気配を悟った。

左右からわずかな時間差で突っ込んできた。

一人は腰に匕首を付け、もう一人は右肩の前に刃を立てて身を投げ出してきた。

左京は読んだ。

右手から襲い来る男が先手だということを……。

それを五感で察知した左京は左に飛び、右肩の前から匕首を伸ばそうとした男の眉間に小鉈を叩きつけ、さらに横へと跳躍した。

体勢が流れて崩れた。

左京は目の端に兄貴分の手首が躍動して両刃の短剣が虚空に投げられたのを感じた。

左京も身を捻《ひね》って小鉈を投げた。

短剣と小鉈が左京と兄貴分の間合いのほぼ中間で交わり、
かーん！

という音を響かせて地面に落ちた。

ちえっ！

兄貴分が舌打ちした。

その時、左京は藤源次助真の柄《つか》に手をかけ、体勢を整え直すと、
すいっ
と兄貴分との間合いを詰めていた。

兄貴分が腰の後ろに片手を回した。大方、腰帯にも別の刃物を隠し持っているのだろう。

一気に間合いが詰まり、兄貴分の双眸に初めて恐怖の感情が漂った。

その直後、左京が抜いた助真が相手の胴を深々と斬り付けていた。

うっ
もんどりを打って地面に叩きつけられた相手から飛び離れた左京は、
くるり
と助真の切っ先を残った無頼たちに突き付けた。
「命を捨てたき者あらば前へ出よ！」
左京の大喝に一瞬正気に返ったか、残った男たちが一瞬竦み、その直後にばたばた
と逃げ出した。
左京は手にした助真を闇の一角に突き付けた。
（おらん、逃さぬ）
その思いが通じたか、闇の一角が静かに揺れて気配が消えた。

四

木賃宿の戸を黙って開いた老爺は諦《あきら》め顔で二人を迎えた。

「親父、酒はねえか」

兎之吉が願った。

「銭さえ出せば下り酒から濁酒《どぶろく》まで取り揃えてあらあ」

「上酒だ、五合ほどくんな」

二人は囲炉裏端《いろりばた》に座り、埋火《うずみび》を掻き立てた。明かりが囲炉裏端に、
ぼうっ
と点った。

「瀬紫め、出そうで出ませんねえ」

「兎之吉、われらが探す女はおらんに戻っておる。なあに名を変えようとどうあがこうと尻尾《しっぽ》を出す」

「出しますかねえ」

「狐穴をいぶしつづければ必ずどこぞから顔を出す」

「おらんは女狐ですからね」

老爺が貧乏徳利に茶碗、小丼に山盛りのらっきょう漬けを運んできた。

「薪炭屋の三代目に会ったか」

「爺さん、おめえは三代目が若くて見目麗《みめうるわ》しい女だと言わなかったな」

「おあきさんで迷惑したか」

「いや、薄汚い野郎よりなんぼかいい」

「ならば文句もあるめえ」

「一晩時を貸してくれと言われた」

「おあきさんが約定したのならば必ず答えは出すさ。それがおめえさん方の気に入る返答かどうかは別にしてな」

老爺は囲炉裏端から寝所に向おうとして、

「昨夜の部屋も塞《ふさ》がっておる。今晩はここが寝所だ」

と言い残した。

兎之吉が左京と自分の茶碗に酒を注いだ。

二人はらっきょう漬けを肴《さかな》に黙々と酒を飲んだ。

五合の酒がほぼ底を尽きかけたとき、神奈川宿を揺るがす半鐘《はんしょう》の音が響いた。

兎之吉が表に出ていって火事場の方角を調べていたが、直ぐに戻ってきた。

「左京様、洲干島の方角だ」

左京は茶碗を置くと立ち上がった。兎之吉もわずかばかりの持ち物を身に着け、支度した。

左京は寝呆《ねぼ》け眼《まなこ》で起きてきた老爺に二朱を渡した。

「酒代だ」

「泊まり賃はどうなる」

「まだ横にもなっておらぬわ」

「しぶいな」

「貧乏がとおり相場の旗本だぞ」

「明日は戻ってくるでねえ」

　老爺の罵りに見送られて二人は新開地横浜村洲干島へと走った。島に渡る橋付近から赤々とした炎が見えた。それが海に映り、ペリーとの日米和親条約を締結した海岸に立つ玉楠《たまぐす》を夜空に浮かび上がらせていた。

「左京様、三軒目に訪ねた洋館じゃあございませんか」

　燃えているのは無愛想な男が客引きに立っていた館だった。

　二人が炎を上げる曖昧宿を見下ろす造成地で足を止めた。そこには切石が積んであり、間もなく普請でも始まりそうな様子だった。

　二人は切石の上から火事を眺めた。

　炎を上げる洋館から長衣の唐人の男やら長襦袢《ながじゅばん》の女たちが転がり出てきて、男たちは海に走り、短艇に飛び乗って沖合いの母船に逃げ出す者もいた。

　火事場から、

「火付けだぞ！」

という叫び声が響いてきた。

炎が新開地の夜明け前の闇の一部を吹き払っていた。そのせいで炎の届かぬ闇がさらに深くなっていた。

「兎之吉！」

左京は注意を呼びかけると兎之吉の手を引き、切石が積まれた一段下へと飛び降りると身を伏せた。

だーん！

銃声が響き、二人が立っていた場所の虚空を銃弾が切り裂いていった。

「出てきやがれ、おらん！」

兎之吉が叫んだ。

だが、だれも答える様子はなかった。

左京は切石の上に身を起こした。

白い長衣の唐人が銃口から煙を上げる短筒を手にして、腰に青龍刀を差し込んで立っていた。

左京は切石に立ち上がった。

唐人は輪胴式回転短筒の銃口をゆっくりと左京に向け直した。

左京は腰の一剣の柄頭《つかがしら》を握ってぐいっと引き回し、切石から下り始めた。

銃口が左京の動きに合わせて動いていく。

左京は銃口に向かってさらに接近した。

「左京様」

兎之吉が悲鳴のような声をもらした。

左京は最後の一段の切石から地面に飛んだ。唐人は造成地の真ん中に立っていた。

二人の間合いは十間とない。

火事場の炎で唐人の面体が見えた。

身丈は左京よりも二寸ほど高く、胸幅も腹周りも二倍ほどありそうだ。髭が口の周りを覆っていた。両眼は感情を見せないほどに冷たく澄んでいた。

銃口が左京の胸に向かって、さらに突き出された。

左京は自ら間合いを詰めた。

間合いは六間か、西洋短筒ならば外す距離でもない、連射も利いた。銃口が、

ぴたり

と決まった。

左京が再び藤源次助真の柄頭を揺すった。

唐人の手の短筒が、
だらり
と下げられた。そして、片手で青龍刀を抜いた。

「火付けをしたはわれらを呼び出すためか」

左京の話す言葉が分かるのか、
うっふふ
と薄く笑った。

「ナハナントイウ」

「座光寺左京為清。そなたは」

「張史権《ちょうしけん》」

「尋常の勝負」

左京は誘った。

張が首肯《しゅこう》した。

助真を抜き、信濃《しなの》一傳流《いちでんりゅう》奥傳《おうでん》正舞一ノ太刀、正眼に置いた。

張史権の片手が回転を始めた。

青龍刀を持った左手だ。

重い太刀が夜気を裂いて×の字に交差して回されると刃に火事場の炎がきらきらと映った。

きぇえいっ
奇声が洩れて張史権が長衣の裾を、
ぱっぱっ
と蹴り出すと自らも回転を始めた。

青龍刀の刃風も鋭さを増した。

大兵《たいひょう》を感じさせない剽悍《ひょうかん》な動きであった。自ら動くということは左京との間合いも常に変化していることを意味していた。だが、張史権の動きに死角も隙もなかった。

刃と自らの回転が微妙に差を生じて左京を牽制していた。

左京は重い青龍刀の刃をまともに受ければ藤源次助真さえへし折られ、破砕されると思った。だが、どうしたものかと思案はしなかった、する猶予もなかった。

生と死の狭間にあっては一歩を踏み出すだけだ。

左京は正眼の剣を再び腰の鞘に戻した。

信濃一傳流奥傳従踊五ノ手。

助真を鞘に納めた左京は張史権の回転に合わせるように間合いをおいて舞い始めた。

張は右手の短筒で左右の均衡を取りつつも縦横無尽、騒乱と破壊を予感させて動いた。

一方、左京のそれは幽玄に満ち、沈潜と静謐《せいひつ》を想起させた。

二人の剣者は対照的な動きながら一本の糸に結ばれたように切石の積まれた造成地を淀みなく動いていく。

地面を刷《は》くように張史権の長衣の裾が白の幻想を舞い踊って、左京の視界を幻惑した。

戦いのただ一人の見物人兎之吉はこの戦いの決着がどう付くか、どちらが生き残れるか予測もつかないまま、固唾《かたず》を呑んで凝視していた。

張の持つ青龍刀が高速回転に変じた。

甲高い空気を切り分ける音が響いた。

一本の青龍刀は×から次第に円運動へと変わり、さらに横に二つ並べた双円に変化しつつ、前後左右に刃風を間断なく吹かせていた。

不思議な剣遣いだ。動くことで死角を悉《ことごと》く消し去っていた。だが、それを行なうには超人的な体力と豊かな運動量を生み出す修行が要った。

二人の剣者を結ぶ糸が短くも手繰《たぐ》り寄せられた。

どちらの意思か、あるいは両雄の阿吽《あうん》の呼吸か、兎之吉には判断つかなかった。

ただ戦いの終焉《しゅうえん》が近いことはわかった。

きえええっ！

怪鳥の鳴き声にも似た気合が新開地横浜村洲干島に響いた。

前後左右に二つの円を高速で描いていた張史権の動きがふいに左京に向かって一直線に迫ってきた。

ぎりぎりのところで保っていた勝負の間合いが切られた。

張史権の青龍刀が無限とも思える双円を描きながら肩口から斜めに斬り下ろされた。

その動きに合わせるように左京が、
ふわり
と虚空に身を浮かせた。

張史権の高速回転する青龍刀の死角、剣者の頭上に浮かんだ左京は一瞬高みに静止した。

張史権の動きに齟齬《そご》が生じた。円滑に回転する刃と体がぎくしゃくとした動きに変わった。

その隙間に入り込むように左京が張史権の背に自らの背を向けて着地した。

兎之吉はその瞬間、張が驚きの声を発したと思った。

背中を付け合った剣者は互いに相手の正面に向かい、体の向きを変えた。

張は裾を翻《ひるがえ》して身を捻ろうとした。だが、その瞬間、左京の片足に裾が踏みつけられているのを知った。

悲鳴が洩れた。

左京は張の裾を片足で踏みつけつつも二つの体の間に生じた対流に溶け込むように舞った。

舞いつつ鞘にある藤源次助真二尺六寸五分を抜き放った。

張が左京の仕掛けた企みに気付き、右手の短筒の銃口を左京の胸に向けようとした。

その刹那《せつな》、助真が白の長衣の胴を、
すぱっ
と斬り裂き、血の色に染めた。

それでも張はその場に踏み止《とど》まり、反撃の動きを見せようとした。

兎之吉は巨漢の体を両断する助真の音を聞いたと、思った。

張の短筒の銃口から火閃《かせん》が走り、直後、
だーん！

という銃声が響いた。

輪胴連発式の短筒の反動は最後の張の体の均衡と踏ん張りを崩したか、巨体を捻らせて造成地の地面に倒れ伏していった。

戦いの場に虚脱の空気が、静寂が訪れた。

左京は黙然と朱に染まった長衣の剣者を見下ろしていた。

どれほどの時が経過したか。

左京は懐紙を出すと助真の血糊をゆっくりと拭った。

信濃一傳流奥傳正舞四手の舞とは回転を意味した。

従踊八手の踊とは跳躍と師の片桐朝和神無斎は教え諭した。だが、正舞も従踊も師が左京に相伝したのは最初のかたちのみだ。あとは、

「創意せよ」

と言った。

「奥傳とは相伝された者が創意するものですか」

左京の反論に神無斎は、

「秘伝とはおよそそのようなものにござる。才ある者なれば切っ掛けだけで奥傳を会得しよう。才なき者は奥義のかたちを、動きを最後までなぞって教えても身につけることはできぬものです」

「それがしにその才、ございましょうか」

「天竜暴れ水なる独創の剣を編み出した剣者ではございませぬか」

それが朝和の答えだった。

今、左京はその師の言葉を噛《か》み締めていた。

「左京様」

いつの間にか兎之吉がかたわらに立っていた。

「ようも生き残ったものよ」

気《け》だるく答えながら助真を鞘に納めた。

火事は収まったか、夜空を焦《こ》がす炎は見えなかった。

「おらんめ、左京様に次々に刺客を送ってきやがるが、なかなか面を見せませんぜ。どうしたもので」

左京になんの考えも浮かばなかった。考えを巡らす気力を失っていた。だるい疲労感が全身を覆っていた。

初めての経験だった。

「火事場を見ていきますかえ」

兎之吉の言葉にただ左京は頷いていた。

切石の積まれた普請場からのろのろと海岸へ、火事場へと下っていった。

二人の目に曖昧宿の洋館は黒々と立って見えた。

時折、窓からちらちらと炎が吹き出していた。それがなければ火事などなかったようだ。

二人は玉楠の木の下に歩み寄り、火事場を眺めた。

窓からちろちろと姿を見せていた炎が収まった。

「ようも炎が途中で止まりましたな」

兎之吉が呟いた。が、左京は口も利きたくないほど疲れていた。

その直後、

ずしーん！

と腹に響く音がして、洋館に火柱が立ち昇り、再び燃え上がった。

火事場に左京らが聞いたこともない言葉の悲鳴が交錯し、炎が窓から吹き出すと洋館はまるで腰が抜けた人間のように地面に崩れ落ちた。

炎が左京と兎之吉の体と顔に襲いかかり、照らし出した。

崩落した建物から最後の力を振り絞るように炎が上がり、消えた。

見物の群れが一人去り、二人消えて、火事場に残る人間の数は少なくなった。

ぬうっ
という感じで左京の前に貧乏徳利が差し出された。

「喉の渇きには酒が一番」

薪炭商相模屋の三代目おあきだった。

左京は見返した。

昼間会ったおあきは鳶の者のように半纏に腹掛け、細身の股引を穿《は》いて、いなせな格好だった。

だが、今、左京の前に立つおあきは寝巻きの上に綿入れを羽織り、艶やかな姿と変わっていた。

「頂戴しよう」

徳利を受け取った左京は徳利の口に自分の口を寄せて、

ごくりごくり
と喉を鳴らしながら飲んだ。

「美味《うま》い」

左京は兎之吉に徳利を回した。

「見たの」

とおあきが言った。

「唐人剣客張史権を倒した左京様の腕前を偶々《たまたま》見てしまったの」

どうやら死力を尽した戦いの結末を見て、酒を持参したようだ。

「あの者を承知か」

「神奈川宿に数年も前から姿を見せて異国の品を売りつけたり、ときに夜盗まがいのことまでしのける唐人の一味を黒蛇頭《くろじやとう》と呼ぶわ。頭目は老陳《ろうちん》と呼ばれる老人と聞いたけど、だれもその姿を見た者はない。いつも沖合いに停めた船にいるそうよ。張は老陳の率いる黒蛇頭の傭兵《ようへい》よ」

「傭兵とは聞かぬ言葉だな」

「金で殺しでもなんでもする人間のことよ」

おあきが言った。

「雇われ剣客か」

「座光寺左京様は老陳を敵に回したことになるわ」

「仕掛けてきたのは先方だぞ」

おあきが、
うふっふ
と笑った。すると火事場の残り火に笑窪が浮かんだ。

「瀬紫はおらんという名で生きているわ」

「おらんは黒蛇頭と手を組んだか」

「黒蛇頭の副頭目廷一渕《ていいちえん》の情婦《いろ》と噂があるけど」

「おらんはこの新開地にやはり潜り込んでいましたかえ」

兎之吉がおあきに聞いた。

「確かに十数日前までいたわ」

「今はどこぞへ消えたか」

「吉原で馴染みだった旦那を会った折に殺しておけばよかったと悔いていたそうよ。

ともかくその後、姿を消した」

糞《くそ》っ

と兎之吉が吐き捨てた。

「おあきさん、行く先は分かるまいな」

左京が聞いた。

「豆州《ずしゅう》戸田《へだ》村という噂が流れているけど」

「戸田村に横浜村のような新開地が造成されておるか」

おあきが首を振って言った。

「おろしゃの軍艦が駿河《するが》湾の一本松《いっぽんまつ》沖で大破したの。皆が言うには先の大地震で岩場にぶつかったとか」

「そのこととおらんがどう関わってくるのじゃな」

「その軍艦がなんでも戸田湊に運ばれようとして戸田の沖合いで動けなくなったそうよ。軍艦には四、五百余人からの船頭やら水夫が乗り組んでいたって。その人たちを戸田の漁師たちが助けあげて湊に連れ戻った。おらんさんは左京様たちが新開地に姿を見せたことを知って、戸田でおろしゃ人を相手に商いをしながら、ほとぼりを冷ます気のようね」

おあきの情報は今ひとつはっきりしなかった。

「おあきさん、おらんは廷一渕と一緒であろうか」

「おらんさんの側《そば》には絶対黒蛇頭がいるわ」

「用心いたそう」

「なんでもさ、命あっての物種だからね」

おあきの最後の忠告だった。

第四章　陽炎の女

一

冬の海が残照を受けて光っていた。

二人は小さな峠で黙したまま駿河灘《するがなだ》を見詰めていた。二人が望遠する浜は伊豆の内浦三津《うちうらみと》だ。

「よう歩きましたな、左京様《さきょう》」

兎之吉《うのきち》が嘆息した。

二人は横浜村洲干島《しゅうかんじま》の火事場で薪炭商相模屋の三代目おあきと別れた足で神奈川宿に戻り、そのまま東海道を保土ケ谷宿《ほどがや》へと向った。

その日の夕暮れ、二人は大久保加賀守《おおくぼかがのかみ》様十一万三千余石の城下町、小田原に到着していた。徹夜で十四里ほどを歩き通したことになる。健脚の二人ゆえなせる道中だ。

さらにその翌朝、二人は箱根への街道を選ばず、相模灘《さがみなだ》沿いの根府川《ねぶかわ》往還を取った。

根府川の関所を通過し、湯の里熱海を経て、多賀の里から山伏峠で伊豆の背骨を駿河湾側へと越えた。さらに修善寺《しゅぜんじ》の町を抜け、狩野川《かのがわ》を渡り、内浦湾を見下ろす峠の頂《いただき》に立ったのだ。

「左京様が伊那《いな》谷から二昼夜で走り抜かれたということをようよう信じることが出来ました」

兎之吉の声はうんざりしていた。

眼前の海が段々《だんだん》と茜色《あかねいろ》から濁った赤へと変わっていく。

「よう歩いた」

左京も正直な気持ちを吐露した。

伊那と江戸は一度往来していた。だが、此度《こたび》の道中はどこも見知らぬ土地だった。

兎之吉とて神奈川宿の先は知らぬという。

二人はおらんを追ってひたすら前進を続けてきたのだ。

「今宵はあの浜で泊めてもらおうか」

「戸田《へだ》の浜はまだ遠いのでしょうな」

「漁師に聞けば事情も察せられよう」

二人は最後の下りにかかった。

「おらんはわっしらと同じ道中を辿《たど》ったのでしょうかねえ」

「おあきさんが申したように黒蛇頭《くろじゃとう》と一緒ということも十分考えられる。となれば伊豆の半島を清国の船で大きく回り、西海岸に出たのではないか」

「そうか海路という手もございましたな」

夕闇に沈もうとする内浦から潮の香りがしてきた。

二人は沼津から土肥《とい》に向かう往還との辻に出た。往還の向こうは駿河湾の波打ち際で、辻付近に漁師宿のような構えの家が何軒かあった。

「ちょいとお待ちを」

左京を沼津土肥道の辻に待たせて、兎之吉が漁師宿の一軒に走り込んだ。

左京は波の音が響く道端に立った。

小石だらけの浜辺には駿河灘で漁をする舟が何隻も上げられていた。

内海に小さな島、淡島が浮かび、その背後に富士山が衝立《ついたて》のように聳《そび》えて茜色に染まっていた。

（なんという美しさか）

海から見上げる富士は微妙に色合いを変えて、闇に没しようとしていた。

「左京様、うまい具合に宿がございました。今なら湯にも入れるそうです」

「助かったな」

左京は安堵《あんど》の吐息を洩《も》らした。この二日間、朝から夜までひたすら歩いてきたのだ。

兎之吉が見付けた漁師宿は風を避けるためか、屋根の低い造りだった。戸口も兎之吉が頭を下げたほどだ。さらに一尺も高い左京は腰を折って土間に入った。土間は掘り下げたように造られそのせいで梁《はり》は高く、左京も頭を上げられた。

「その足で湯屋に行ってくんな」

囲炉裏端《いろりばた》から男の声が命じ、二人は裏庭に通じる通り土間を抜けて、宿の裏手に行った。すると五右衛門《ごえもん》釜の焚口《たきぐち》に女衆が一人しゃがみ、薪を放り込んでいた。客があることを承知したように、

「火を落とさねえでまずよかったな」

と言い、二人を振り見て、

「おや、お武家様だったか」

と驚きの声を洩らした。

「姉さん、酒を燗《かん》につけてくんねえか」

あいよ、と答えた女が、

「いったえ、おめえ様方はどこへ行くだ」

と聞いた。

「明日、戸田浜に参る。どれほどかかるな」

「おまえ様の足なれば半日あれば十分に着こう。ははあーん、異人が伝えた船造りの技のせいで、戸田浜はあちらこちらから客があるというが、おまえ様方もそんな関わりかねえ」

「まあ、そんなところだ」

左京は曖昧《あいまい》に答えた。

二人は交代で五右衛門風呂に入り、歩き詰めの旅で疲れた体の筋肉を解《ほぐ》した。囲炉裏端に行くと鉄鍋が自在鉤《じざいかぎ》に掛かり、

「酒の燗がついたぞ」

と先ほどの女が燗徳利を三本運んできた。

「酒とまんまの菜《さい》は浜鍋だ」

味噌仕立ての鍋には赤い色の魚と野菜が入っていた。伊那谷生まれの左京が初めて見る魚だ。

「まずは一杯」

兎之吉が左京の茶碗に熱燗を注ぎ、自分の杯にも満たした。

「海道から山道とよう歩いた」

「歩きましたな」

熱燗を口に運ぶと鼻腔を酒の香りがぷーんとついた。口に含み、しばし舌先で味わった後、喉に落とした。

「ふーう、生き返った」

茶碗酒を飲み干した兎之吉が言った。

「明日にはおらんの面を拝みたいもので」

「そう願いたいな」

左京は旧主の馴染み女郎、瀬紫《せむらさき》ことおらんを一月半以上も追いながら、未だその姿を見たことがないことに改めて気付かされた。

左京の身辺は激変した。それ以上に変化したのはおらんの宿命《さだめ》ではあるまいか。

安政の大地震の夜に先代の座光寺《ざこうじ》左京為清《ためすが》と語らい、主家の稲木楼の持ち金八百四十余両を盗んで逃亡したおらんは一旦《いったん》三河島村の実家に逃げ込んだ。さらに吉原からの追跡を躱《かわ》すために兄が養子に入った見沼通船堀《みぬまつうせんぼり》の庄屋屋敷に移ったが足手纏《あしでまと》いになったか、左京為清と共謀して実父実兄の二人を非情にも殺して再び姿を消した。逃亡を続ける二人は吉原の仮宅《かりたく》商いをよいことに深川三十三間堂近くの茶屋睦月《むつき》楼を借りて仮宅を始め、隠れ女将に納まった。だが、そこへも追及の手が伸びた。情夫の左京為清が斃《たお》されると、おらんはさっさと横浜村洲干島の新開地へと逃げ果《おお》せていた。

むろんここでいう左京為清とは高家《こうけ》肝煎《きもいり》の品川《しながわ》家から座光寺家に養子に入った先代のことだ。

その後、本宮藤之助《ほんぐうとうのすけ》が座光寺十二代、左京為清に就いたように、おらんは姿を変えながら逃亡を続けていた。

二人はそこそこに酒を切り上げて浜鍋で飯を食し、床に就いた。

翌朝、真っ暗な浜伝いの道を戸田浜へと向った。

兎之吉が点《とも》す小田原提灯の明かりがただ一つの頼りの道中だ。波うち際の道は直ぐに小さな岬に沿った山道と変わった。石がごろごろする山道は人ひとりがようやく歩くことのできる狭さだ。

駿河湾に沿った崖道は、激しい蛇行と登り下がりを繰り返し、小さな集落が見えるたびに浜に下り、再び山へと入った。

「こいつは難儀な道だぜ」

「兎之吉、夜が明ければ楽になろう、それまでの辛抱だ。竹林があれば止まれ」

「へえっ」

直ぐ竹林は見つかった。

左京は小鉈を使い、手ごろな竹の枝を払い、五尺ほどの竹杖を二本作った。

「足をくじいてもいかぬ。杖を使って歩け」

先に立つ兎之吉に渡した。杖を受け取った兎之吉が、

「左京様、こいつは楽だ」

と喜んだ。

内浦三津を出て一刻、弁天島、長井崎、西浦、赤崎と道を上下してようやく夜が明けた。一息入れるために立ち止まった二人は駿河湾の向こうに朝日を受けて白く浮かぶ富士の峰に圧倒され、無言のままに見入った。

「こんな富士山、見たこともねえ」

昨夕は富士の姿を見ることのなかった兎之吉が呻《うめ》くようにいった。

壮麗にして優美な稜線をのばして駿河湾上に聳える雪の高嶺は筆舌に尽し難い光景だった。

「おらんめ、わっしどもを地獄から極楽まで連れ回しますぜ」

兎之吉が言う地獄とは安政の大地震の後の吉原の惨状だった。そして、今、この世の風景とも思えぬ海と山を眺めていた。

「駿河富士は見事と話には聞いたがこれほどまでとは……」

左京は暮れなずむ富士は見ていたが日中光の下で見る山はまた格別だった。

漁師宿の女は半日もあれば戸田浜に到着しようといったが、無数の難儀な山道と、岬へと登る坂が待ち受けていた。

もはや距離感も時の経過も忘れて二人はひたすら登り下りした。

駿河湾沿いの道は大瀬崎付近で西から南へと大きく方向を転じた。

兎之吉は提灯を消して畳み、背に追った風呂敷に包み込んだ。振り向いた兎之吉が左京に教えた。

「左京様、ここの富士はまた格別だ」

大瀬崎は尖《とが》った刃のような岬を駿河湾に向って突き出して、岬と海と山が見える峠までにはだいぶ汗をかかされた。それだけに絶景だった。

「今朝から富士の姿をいくつ見たであろう。浜と岬が違うたびにまた新たな富士が貌《かお》を覗《のぞ》かせてくれるな」

「飽きませんね」

二人は富士と駿河湾に勇気付けられて戸田へと進んだ。

「兎之吉、どうやら道連れがいるようだ」

前後を見回した兎之吉が、

「はて、わっしらを見張っているのは伊豆の猪か猿ですかえ」

「獣よりは人間臭いと見たがな」

「となるとわっしらの戸田浜行きを承知の者、おらんと組んだ唐人の黒蛇頭の一味ですかねえ」

「そんなところか」

左京が兎之吉に代わり、先頭に立った。

沼津から土肥への道はしばらくの間、海から離れて断崖の上をいく。

冬の陽光はすでに抜けるような青空の中天にあった。

「どうやら戸田の浜は近いな」

と左京が兎之吉に声をかけたとき、前方から旅の行商人らしき風体の男が峠へと登ってきた。

「戸田はまだ先かな」

「もはや半里とございませんよ。松林が突き出た内海のある浜が見えたらそこが戸田浜だ」

「助かった。気をつけて参れ」

「お侍方もな」

行商人と別れた後、道はだらだらと下っていた。

駿河湾の沖合いには三十五反の白帆を張った千石船が下田湊《みなと》を目指して南下する姿や断崖の下では小舟が漁をしている光景が見えた。

「兎之吉、喜べ。戸田浜だ」

左京が足を止めて、ゆく手に広がる浜を指した。

戸田浜の一角から南に向かって松林が連なる砂嘴《さし》が突き出していた。砂嘴は御浜岬と呼ばれ、駿河湾とは別の、静かな内海を形作っていた。船泊まりには絶好な湊と見えて、漁《いさ》り舟の他に大小無数の通船《かよいぶね》、弁才船が帆を休めていた。

「おろしゃ人が船の修理をしたくなるはずですぜ」

兎之吉が感嘆した。

だが、どこにおろしゃの軍艦が停泊しているのか、また異郷の人々がいるのか見分けはつかなかった。

左京も兎之吉もおあきからおろしゃの帆船が大破して動けなくなり、その修理を戸田湊でなすと聞いていたから大きな船影が見えるものと思っていたのだ。

「黒船は見えませんね」

「異国の船は大きいゆえ見えてもよいはずだがな」

と二人は訝《いぶか》しげに言い合った。

おあきが伝えた情報は噂がいくつも重なったものだった。

事実はこうだ。

安政元年（一八五四）霜月、豆州下田湊で和親条約の締結交渉をしていたおろしゃの軍艦ディアナ号を地震が襲った。二千トンの巨艦は激浪に揉まれて船底に大穴を開けて、大破した。

その事故で五人の死傷者を出した。

江戸を襲った安政の大地震の一年前に起こった地震は安政東海地震と呼ばれるものだ。

おろしゃ海軍中将プチャーチン提督は下田湊での条約交渉を続けるとともに波静かな戸田湊にディアナ号を移送して修理をしようと試みた。

だが、戸田湊を目前にした駿河湾の一本松沖でディアナ号は船底の裂け目から海水が入り、沈没の危険にさらされた。

その時、戸田の漁民たちは危険も顧《かえり》みずおろしゃ人を救おうと果敢に小舟を出して、五百余人からの乗組員を救助したのだ。

だが、軍艦ディアナ号は深い駿河湾の海に沈没してしまった。

プチャーチンは江戸幕府に戸田湊内でおろしゃ国に戻るための船を新造したいと願った。

その願いを幕府は聞き入れて安政元年十二月七日に帆船建造の許可を与えた。

戸田湊ではおろしゃ人の造船技術者の設計指導の下に二百人からの船大工、人夫が動員されて、洋式帆船の建造が始まった。そして、翌年の三月十日におよそ百トンのスクーナー型帆船が完成し、日本人が協力した船はヘダ号と名づけられた。

プチャーチンの一行は日露和親条約を締結した後、ヘダ号で帰国の途に就いた。

ディアナ号の沈没とヘダ号の建造は一年前から九ヵ月前の話であった。

だが、横浜村洲干島には現在のことのように伝わり、おあきもその情報を左京と兎之吉に伝えていたのだ。

だが、二人はそのようなことを知る由《よし》もない。

最後の下り坂にかかった。

「兎之吉、伏せよ！」

左京が叫んだと同時に前方の藪陰《やぶかげ》から光が飛び出してきた。

矢じりに陽光が当たって煌《きらめ》いた光だ。

左京は杖にしていた竹棒で飛来する矢を叩き落とした。二番手、三番手の矢が飛んできたが左京は悉《ことごと》く叩き落とした。

奇襲に失敗したと見たか、藪が揺れて、黒長衣に弁髪の唐人たちが飛び出してきた。

襲撃者と左京たちの間には十数間の山道が広がり、その中ほどは左右に膨らみをもった空き地になっていた。

横浜洲干島の造成地で戦った張史権《ちようしけん》の仲間であろうか。

唐人たちは左京が見たこともない武器を手にしていた。矛《ほこ》や薙刀《なぎなた》の千段巻には色鮮やかな布が垂れていた。

左京と唐人一味は睨《にら》み合った。

先手を取ったのは襲撃者だ。

左京は守りを固めた。

左右に膨らんだ空き地まで走り込み、相手が散開できないように峠道に立ち塞がった。

唐人が鳥の囀《さえず》りのような言葉で罵《のの》し声を上げた。

左京は藤源次助真《とうげんじすけざね》二尺六寸五分を抜き放った。

「参れ」

奇声が峠道に響き渡った。

唐人たちは一列になって突っ込んできた。

左京は大勢の刺客を相手にしていた。だが、地の利を得たせいでその場に踏み止まるかぎり一対一の戦いを継続できた。

矛が突き出され、千段巻の布が陽光に煌いた。

左京は自らも踏み出し、虚空へと垂直に飛び上がっていた。

矛先が左京の体の下を鋭く突き抜け、虚空を突いたと見た襲撃者は矛を手繰《たぐ》り寄せようとした。

だが、左京が虚空から下降に移りながら、手繰り寄せられた矛の柄に、

ちょこん
と両足で立ったかと思うと助真を眉間に叩きつけた。

血飛沫《しぶき》が山道に飛んで、悲鳴が洩れた。

左京は後ろに倒れ込む相手の体を飛び越え、二番手に襲い掛かっていた。

頭分《かしらぶん》を一撃の下に斃《たお》された一味は浮き足立った。

そこへ左京が攻め込み、狭い山道を利して、

「天竜暴れ水」

を遣いながら飛び跳ねた。

二人、三人と斃され、後続の一人が退却の命《めい》を発したらしく総崩れに逃げ出した。

「兎之吉、おらんは戸田浜におることだけは確からしい。われらが唐人の黒蛇頭一味にかくも執拗《しつよう》に狙われることはないからな」

と後ろに控える兎之吉に言いかけ、振り向くと、

「仰《おっしゃ》るとおりにございますよ。雉《きじ》も鳴かずば撃たれまいに」

と答える手には異国の武器の矛があった。

二

座光寺左京為清と巽屋《たつみや》の手先の兎之吉が戸田浜に入っていくと、村は奇妙な熱気と緊張に包まれていることが分かった。刺すような視線があちこちから向けられた。だが、だれ一人として姿を見せないのだ。

二人はその日最後の富士の姿を拝んだ。

戸田湊が駿河湾へとつながる辺りで、富士山が夕暮れ前の冬の光を横手から浴びていた。湊は三方向を浜と岬で囲まれ、北西側だけが駿河湾へと通じる出口だった。

その向こうに富士山が聳えていたのだ。

「左京様、結構峠道に手こずりましたな」

「半日の道中どころではなかったな」

「どうしたもので」

「どこぞに入り、話が聞けるところはあるまいか」

「ちょいとお待ちを」

唐人の襲撃者からの得物、矛を手にした兎之吉が浜伝いに人が集まりそうなところを探し始めた。だが、どこでも余所者《よそもの》を警戒する険しい目が向けられ、挨拶を交わすことすら拒む気配があった。

兎之吉はそれでも東の戸田峠から流れくる戸田大川の土橋の袂《たもと》に酒を飲ませ、飯を食べさせる店を見付けた。

「左京様、漁師が集まるような飲み屋にございます」

「かまわぬ」

兎之吉が、

「ごめんよ、ちょいと休ませてくんな」

と言いながら、人ひとりが入れるほどに開いていた戸を左京のために大きく押し開けた。

土間はがらんとして客が一人もおらず、女二人が訪問者を見詰めていた。

女主と奉公人か。

「酒を頼もう、肴《さかな》は任せる」

年増女が若い小女に小声で命じ、小女が台所に消えた。

左京は腰の一剣を抜くと床机代わりの切株に腰を下ろした。

兎之吉は矛を壁に立てかけた。

「お客さん、そんなものどこで手に入れなすった」

「浜に下りてくる峠道だ」

「転がっていたわけではあるまい」

「弁髪の唐人から取り上げたのよ」

「騒ぎは嫌だよ」

と言いながら女が首を竦《すく》めた。

小女が燗徳利を二本提げてきた。もう一方の手に茶碗を二つ重ねて握っている。

年増女が小女から受け取ると左京と兎之吉の前に茶碗を置き、手際よく酒を注いだ。

「ちと尋ねたい」

左京が年増女を見た。

「おろしゃ人の水夫らはどこへ逗留しておるな」

年増女がぽかんとして口を開けた。

「おろしゃの帆船が戸田湊で修理をしていると聞いてきたのだ」

「お客さん、江戸からかい」

「いかにも江戸から参った。だが、その話を聞いたのは相州横浜村であった」

ははあん

と得心したように女が言った。

「騙されたんだねえ。おろしゃの船が一本松沖で沈没したのは一年も前のことだよ」

「なんだって！　そんな馬鹿なことがあるか」

兎之吉が叫んで、切株から腰を浮かせた。

「馬鹿も糸瓜《へちま》もあるものか。ディアナ号が沈み、おろしゃのプチャーチン様以下五百人余りが宝泉寺を始め、浜の家々に分かれて逗留していたのは確かなことだよ。だがよ、浜の人々が手助けしてさ、洋式帆船ヘダ号を造り、それに乗っておろしゃ国に帰られたのは夏前のことだ。三月も終わりに近かったねえ」

左京と兎之吉は顔を見合わせた。

「おあきは嘘を教えやがったか」

「そうではあるまい。人の口から口へと伝わるうちにあたかも今のことのように間違って、おあきの耳に入ったのではなかろうか」

相模国横浜村と豆州戸田浜では左京らが健脚を使っても三日かかるほどの距離だ。

「糞《くそ》っ、無駄足か」

兎之吉は切株に愕然《がくぜん》と腰を落とした。

「おまえさん方、おろしゃ人がいると思って戸田に来なさったか」

「そういうことだ」

「船の造り方を習いたくて来なさったか」

女が奇妙なことを言い出した。

「おろしゃ様が難船しなさったお蔭で、戸田は初めて洋式の帆船が造られた浜となった。今や造船を手伝った船大工は引く手数多《あまた》、各藩が金子を積んで教えを請いにやってくらあ」

戸田浜が奇妙な熱気を未だ漂わせているのはそのせいか。

「そのようなことは知らなかった」

「おまえさん方、なにしに来た」

兎之吉が茶碗を摑《つか》み、くいっと酒を一口飲んだ。そして、答えた。

「女を捜してやってきた。元吉原の女郎で源氏名は瀬紫《せむらさき》、親が付けた名はおらんだ」

年増女がずけずけと聞いた。

「その女、なにをやらかした」

「話は長えや。おれたちも遊びで追っているわけじゃねえ、理由があってのことだ」

「そりゃそうだろうよ。大の男が二人江戸から追ってきたとなりゃあな」

「おらんは一人ではあるまい。唐人の海賊、黒蛇頭とかいう一味と一緒と思える」

左京が兎之吉に代わって答えた。

「黒蛇頭だって。おお、怖っ」

年増女がまた大袈裟《おおげさ》に首を竦め、飾り布を付けた矛を見た。

「承知か」

「おろしゃの水夫が浜に逗留していたころから出入りするようになったよ。今も外海に奇妙な大船を二隻停めているよ」

おあきの話はまんざら虚言《うそ》であったわけではなさそうだ。となるとおらんが戸田にいることは十分考えられた。

「黒蛇頭一味はなぜ戸田に来たのであろうか」

「お侍、銭になると思ったからだろうよ。戸田はおろしゃ人が船を造ってみせて以来、異人も諸藩の役人もいろいろな人が来るからね。銭も動く。漁師は舟も出さずに一日博奕《ばくち》場に入り浸っていらあ」

「飯盛り女も浜に入り込んでいるか」

「飯盛りだけではねえ。銭を出せば異人の女も抱けるというのでよ、近郷近在から色狂いの分限者《ぶげんしゃ》が戸田に集まってくるよ」

兎之吉が元気を取り戻した。

「やはりおらんはこの浜におりますぜ」

「どうやらそのようだな」

左京はようやく茶碗酒に口を付けた。

「となるとまずは塒《ねぐら》を探さずばなるまい」

「浜に逗留する気か」

左京の言葉に女が応じた。

「知らぬか」

「宿はどこも一癖《ひとくせ》ありげな男たちで一杯だ。裏手に網小屋がある、うちの死んだ亭主の網小屋だ。金殿玉楼《きんでんぎょくろう》とはいい難てえが寒さ凌いで寝るだけなら御《おん》の字だ。まんまがついて五百文でどうだ、酒代は別だ」

「高《た》けえな」

「今の戸田は寝るだけで五百はとる」

と女が答えた。

「そなたの名はなんと申すな」

「土橋のお馬《うま》だ」

「お馬、厄介になろう」

と左京が答えた。

その塒は網小屋の土間の一角に板を張り、小さいながら囲炉裏《いろり》も切ってあった。

お馬と小女のかめが運び込んだ夜具を敷けば十分寝泊りできた。店で酒を飲み、煮魚で夕餉《ゆうげ》を食した二人は網小屋で早々に寝に就いた。


その夜半九つ（午前零時）、土橋のお馬が貸してくれた網小屋を二つの影が忍びやかに出た。

左京と兎之吉だ。

「魚臭い網小屋で五百文とは法外だぜ」

兎之吉が思い出したようにぼやいた。

「お馬が約定《やくじょう》したとおり夜露は凌げたのだ、致し方あるまい」

二人は弧状に伸びる浜伝いに奥へと進んだ。すると和船とは明らかに形が違う帆船を建造する浜に出た。

その一隻は竜骨が組み上がっていた。和船にはない構造で、船長二十余間はありそうだ。

ヘダ号と同じスクーナー型の帆船は君沢型と呼ばれ、量産されることになる。

おろしゃ人のプチャーチン提督らが浜の船大工たちを指揮して洋式スクーナー型帆船ヘダ号百トンを建造した牛ヶ洞だった。ここが日本で初めて洋式帆船が建造された地であったのだ。

「戸田浜はおろしゃ人を助けて大きな財産を得たようだな」

「そいつを上手に使っているとは思えねえ」

「持ち慣れない金子を手にするとつい遊興に走る」

「左京様はものの道理がようお分かりだ」

「生まれて以来、小判などお目にかかったことのない暮らしだったからな。遊びに走ろうにも走りようがない、またそのような遊里もない」

「こちとらは我が庭のように華の吉原に出入りしていたがさ、湯水のように山吹色を費消するお大尽《だいじん》方を指咥《くわ》えて横目で見てきただけだ」

「そいつは伊那谷より酷な話だ」

「だがね、左京様、放蕩の限りを尽した男どもの行く末は哀れですぜ。早晩、財産を失くして狂うか、野垂れ死にするか、そんなところがとおり相場だ」

「身の丈に合った暮らしが一番か」

「違いねえ」

と兎之吉が答えたとき、海から風に乗って嬌声が聞こえてきた。

御浜岬が西に向って伸びる辺りの内海に兎之吉もまだ見たこともない船影があった。

浜からおよそ数丁は離れていた。どうやら嬌声はその船からららしい。

突然、稲妻が夜空に走った。

そのせいで黒い帆船が不気味に浮かび上がった。

「左京様、異国の船だ」

「唐人船、黒蛇頭の一味だな」

夕暮れにはなかった船だ。日が落ちて外海の駿河湾から内海の戸田湊に入ってきたのだろう。

帆柱が三本、夜空にそそり立ち、舳先《へさき》は水面から高く切れ上がっていた。動力は帆と無数の櫂《かい》のようで舷側に櫂を突き出す穴が無数に並んでいた。外観から大勢の水夫らが乗り組んでいることを推測させた。

「千石船が小舟に見えらあ」

兎之吉が呆然と呟いた。

千石船に比べれば何倍も大きな船だが最新の蒸気船には大きく立ち遅れた帆船だった。だが、唐人たちはこの船で大海を越えて異郷に乗り込んできたのだ。

「おらんも乗っておりましょうかな」

「もそっと近付いてみたいものだな」

二人は浜で漁師舟を探した。運よく櫓《ろ》を船底に転がした小舟を見付けることが出来た。

「しばし借りうけようか」

浜から波打ち際に押し出し、櫓を左京が握った。

雷鳴とともに雨が降り出した。

叩きつけるような雨だ。

笠も被ってない二人は忽《たちま》ちずぶ濡れになった。だが、そのせいで小舟を雨煙が隠した。

唐人の帆船もかすんで見えなくなった。

左京はゆっくりと櫓を漕ぎながら闇にまぎれるように濃く塗られた大船に接近させた。

ランタンが点《とも》された船から大勢の人間の声がした。異国の博奕でもして遊んでいるのか。

「左京様、この甘酸っぱい匂いは阿片《あへん》じゃございませんか」

二人は横浜村洲干島でこの香りを嗅《か》いでいた。確かに雨に匂いが薄められていたが阿片のようだった。

「今少し近付いてみるか」

左京はさらに小舟を唐人の大船に寄せた。

距離は十間となかった。

舷側には無数の小舟や伝馬《てんま》が舫《もや》われていた。客が乗ってきた舟だろう。

「おらんがいるかいねえか確かめる方法はございませんかねえ」

「乗り込むか」

左京は雨に乗じて異国の船に潜り込もうかと考えた。

その時、再び稲光が走った。

唐人の巨船が浮かび上がり、同時に左京たちの小舟も稲妻に晒《さら》された。

雷鳴が響き、再び闇に沈んだ。するとどこかから異郷の言葉で、警告を発するような叫びが聞こえてきた。

「兎之吉、見つかったかもしれぬ」

大船の甲板に足音が響いて、海の上を光が走った。

左京は櫓に力を入れると、

「兎之吉、今宵は引き上げようか」

と浜に向かって戻り始めた。

大船では艀《はしけ》を下ろす気配がして、何人もの黒衣の唐人らが剽悍《ひょうかん》に大船から艀へと飛び降りていた。

左京は大船を振り見た。

その瞬間、大船の舳先に一人の女が立っているのを認めた。

雷鳴が轟《とどろ》き、豪雨が降り注ぐ中、白い打掛けを着た女は平然と立っていた。

「兎之吉、見てみよ」

左京の言葉に兎之吉が振り向き、

「おらんですぜ！」

と叫んだ。

「間違いないか」

「白い打掛けが好きな女郎でねえ、節季でもねえのに打掛け姿を通した遊女ですよ。間違いございませんや」

「確かに異国の女ではないな」

左京が答えたとき、二隻の艀が猛然と急迫してきた。

「相手は二丁櫓です、追いつかれます」

峠道で襲撃者から奪った矛を手にした兎之吉が悲鳴を上げた。

「兎之吉、変われ」

櫓を兎之吉に渡した左京は小舟の真ん中に陣取り、兎之吉が持参してきた矛を手にした。

柄の長さ六尺余り、その先に長い両刃の剣が付いていた。

左京は柄を掌に置いて重心を調べた。重心は両刃近くにあった。

「左京様！」

兎之吉の声が悲鳴に近かった。

黒頭巾に黒長衣を雨の中に翻した黒蛇頭の唐人らが左京の乗る小舟を挟み込むように迫っていた。

もはや距離は十二、三間か。それが見る見ると縮まった。

激越な異国の言葉が飛び交い、さらに間合いを縮めた。

左京は二隻の艀に乗り込んだ十余人を指揮しているのが七尺余の巨漢ということを

見てとった。

男は腰帯に大きな短筒を差し込んでいた。

もはや両舟の間合いは七間とない。

艀に乗り込む海賊たちはしなる刃の剣や青龍刀を振り回して、小舟に接舷する気配だった。

左京はふいに立ち上がった。

手にした矛を気配もなくさらに接近する艀の頭分《かしらぶん》に向って投げ打った。

多勢に無勢、いきなりの反撃があるとは夢想もしてなかったか、巨漢がなにかを叫びながら腰帯の短筒を抜こうとした。

だが、左京が投げた矛は雨煙を切り裂いて、折から光った稲妻に両刃を煌かせて巨漢の胸に突き立った。

絶叫が雨の戸田湊に響き渡った。

左京が渾身の力で投げた矛だ。

胸板厚い巨漢の背まで突き抜けて、艀から大粒の雨が叩く海へと転落していった。

追跡する二隻の艀の速度が急に落ちた。

左京は兎之吉が漕ぐ櫓に加わった。そして、停止した艀の背後に停泊する大船の舳先を見た。

どこに消えたか、もはや白の打掛けのおらんの姿はなかった。

おらんは追っても追っても手が届かぬ陽炎《かげろう》の女のようだ。左京にはそう思えた。

三

夜明け前、ずぶ濡れで網小屋に戻った。

濡れた衣服を脱ぎ捨て下帯一つで囲炉裏の火を掻きたてているとお馬が両手に古着を抱えて網小屋に顔を出した。

二人が出かけたことを承知していたらしいお馬が、

「いくらなんでもその格好では風邪を引くよ」

と古着が板敷きに投げ出された。

「助かったぜ、お馬さん」

お馬の亭主の古着は小柄な兎之吉には大き過ぎ、左京には少々つんつるてんだが裸で過ごすよりなんぼかいい。

お馬が一旦《いったん》姿を消した。

左京は囲炉裏端で藤源次助真《とうげんじすけざね》と長治《おさはる》の大小の手入れをし、兎之吉は土間に濡れた衣服を干していると再びお馬が貧乏徳利に茶碗を持って現れた。

「寝るには一杯が要るだろう」

「ありがてえ」

兎之吉が両手を打って徳利と茶碗を受け取った。

「夜の戸田浜に冬の幽霊でも現れたか」

板敷きの上がり框《がまち》に腰を下ろしたお馬が聞いた。

「おうさ、湊に唐人船は姿を見せる、吉原から不義理を働いて逃げた女郎は現れる。その上、雨が降って冬の稲妻が光り、黒蛇頭とか称する唐人には追われる。なんとも忙しい一夜だったぜ」

「そりゃあ、ご苦労なこった」

と苦笑いしたお馬が、

「唐人は大勢だよ。二人ばかりでなんともなるめえ」

「こちとら、江戸っ子だぜ。唐人に追われて吉原に逃げ帰るのも癪《しゃく》だぜ」

「なりは小さいが威勢だけはいいね」

とお馬が笑い、左京を見た。

左京は大小の手入れを終え、小鉈を手に囲炉裏端に座ったところだ。

兎之吉が茶碗酒を差し出した。

「おまえさん方の正体が今一つ知れないね」

「お馬さん、人それぞれ事情があってな」

左京の返答に違いない、と相槌《あいづち》を打ったお馬が、

「なにがしたいんだい」

と聞いた。

「唐人船に潜り込みたい」

「唐人は大勢だよ、それに短筒から大砲まで抱え込んでいらあ。二人だけで乗り込もうなんて死ににいくようなもんだ」

「それでもやらねばならぬのだ」

「吉原を足抜けした女郎を追っているだけではなさそうだ」

と呟いたお馬が、

「なんぞ朝までに思案しておくよ」

と上がり框から腰を上げた。

雨が上がったか、板屋根を叩く音は消えていた。

その代わり、風が出たようだ。

左京は網小屋に迫る人の気配を察知した。

その瞬間、網小屋の戸が開き、風とともに黒衣の唐人が長剣を翳《かざ》して飛び込んできた。

左京の手から茶碗が飛び、額にあたって襲撃者を戸口で立ち竦ませた。剣を構え直した唐人はそれでも囲炉裏端に突進してこようとした。

左京の手が囲炉裏の縁に置いた小鉈に伸びて手首が翻《ひるがえ》り、投げられた。

土間から板敷きに飛び上がろうとした襲撃者の首筋に小鉈が突き立った。

げえええっ
絶叫が網小屋に響き、くねくねと体を揺らした刺客が土間に倒れ込んだ。

左京は手入れしたばかりの助真を掴《つか》むと次なる侵入者に備えた。

お馬が痙攣《けいれん》する唐人を見下ろしながら震える声でいった。

「おまえさん方、この網小屋まで尾行を連れてきたよ」

「どうやらそのようだ」

刺客は一人であったか、最後に小さく呻き声を発して痙攣するとばたりと動きを止めた。

「おまえさん方は只者じゃないね。外国奉行か韮山《にらやま》代官所の手先と思うたがどうやら江戸からきたというのはほんとらしい」

「お馬さんよ、だから江戸だと言ったぜ」

兎之吉と左京は土間に下りると唐人の頭と足を持ち、

「どこぞに始末してこよう」

「ならば海に放り込むがいいや。潮の流れが夜のうちに片付けてくれるよ」

ようやく落ち着きを取り戻したお馬が言った。

二人が網小屋で目を覚ましてみると、雨は上がって晴れ間が広がっていた。だが、戸田の浜をその冬一番の木枯らしが音を立てて吹き抜け、湊に白い波を生じさせていた。

朝餉と昼餉を兼ねた飯を食べた。

給仕をするお馬が、

「どうしても唐人船に乗り込みたいというのならさ、宝泉寺に逗留中の修善寺の庄屋嘉《か》右《え》衛門《もん》様を訪ねな」

と言い出した。

「嘉右衛門様は博奕狂いの旦那だ、毎晩唐人船通いをしていなさらあ。旦那の銭箱担いでいくならよ、供に一人連れていってもいいそうだ」

「話はついているようだな」

と兎之吉が聞いた。

「あとは旦那の気持ち次第だ」

「よし、それがしが直《じか》に嘉右衛門どのに頼んでみよう」

左京はお膳立てしてくれたお馬に礼を言った。

飯を早々に食べた後、左京は頬被りの頭に破れた菅笠《すげがさ》を被り、お馬の亭主が遺した古着の股引と七分丈の縞木綿に帯を締めた格好で浜伝いに宝泉寺に向った。

懐には小鉈だけがあった。

宝泉寺はおろしゃ人たちが戸田に逗留した折、プチャーチン提督の宿舎になった寺だという。

お馬に教えられたとおりに漁師小屋を過ぎて浜から街道へと上がった。

そのとき、左京は内海を振り返った。

唐人船は姿を消していた。

木枯らしが吹く戸田湊には大小多くの船が風の治まるのを待って停泊していた。内海の上に今日も白い高峰が聳えていた。

左京にとって雪を頂く高山はそう珍しいことではない。伊那谷の東に一万尺余の白根岳や赤石山嶺が衝立のように聳えているのだ。

だが、海の上から迫《せ》り上がるように秀麗な稜線を見せる富士山の単峰は、それが三百余州の頭であることを如実に示して圧巻だった。

浜伝いの街道を横切り、里の奥へと入った。すると寺の山門がいくつか並んでいた。

宝泉寺は浜に近い寺だった。

山門を潜ると本堂の階段に座って煙草《たばこ》を一服している初老の男がいた。煙管《きせる》も煙草入れもなかなかの細工と見えて、いかにも田舎の庄屋然としていた。同時に庄屋然とした装いはかえって変装した姿のようにも感じさせた。

ともあれ、嘉右衛門は唐人船に乗り込むただ一つの手立てだった。

「修善寺の嘉右衛門様にございますか」

「はいはい」

と答えた嘉右衛門はたった今目を醒《さ》ましたような顔付きだった。

「昨夜の首尾はいかがでしたか」

「博奕のことですな」

と聞き返した嘉右衛門は、

「唐人の壺振りはなかなか巧妙でしてな、客に稼がせているようで明け方にはちゃんと儲けばかりか元金までもさらっていきます」

と最後は平然と言った。

「その内な、こちらにも潮目が回って来ましょう。そのときにこれまでの負けは取り返します」

「それがしを銭箱持ちでお連れ頂けるというのはほんとうでございますか」

「名はなんと申されますな」

「座光寺左京為清と申す」

正直に名乗った。

「ほう、座光寺様ですか。交代寄合伊那衆でしたな」

「ようご存じだ」

「年寄りは奇妙なことばかりが耳に残る」

ととぼけた顔で答えた嘉右衛門は、

「お馬に聞いたが座光寺様はなかなかの腕前だそうですな」

「少々田舎剣法を遣います」

「このところ唐人船を慌てさせる倭人がいると聞いていたがどうもそなた様らしい。事情次第では唐人船に連れていかんでもない」

「唐人船の頭は老陳《ろうちん》と申す者でござろうか」

嘉右衛門の目がぎらりと光った。

「唐人船は二隻が組んでおるそうな。夜の間、湊に入ってくるのは副頭目廷一渕《ていいちえん》が率いる博奕船、沖合いに待つもう一隻に老陳が控えているそうです。老陳は用心深い頭目でな」

そう答えた嘉右衛門はなぜ唐人船に関心をもつか話せと言った。

「吉原を逃げた遊女を追っております」

左京は瀬紫ことおらんを追う理由を掻《か》い摘《つま》んで告げた。

嘉右衛門は煙管を手で弄《もてあそ》び、時に煙草を吸いながら左京の話を聞いた。

「安政の大地震の夜に途方もないことをしのけた女郎がいるものですな。それがどう座光寺様と関わるか分かりませぬな」

「わが家の浮沈に関わるとしか答えようがございませぬ」

「まあ、そこはよろしい」

と煙管の灰を階段の端で叩き、

「唐人の博奕船に潜り込むには侍を忘れてもらいますよ」

「承知仕《つかまつ》った」

「まずその言葉遣いを忘れて下され。私は修善寺の庄屋嘉右衛門、そなたは雇い人の左吉《さきち》です」

「左吉ですか」

「ふと思いついた名です」

「へえっ、旦那様。しっかりと銭箱をお守り致しますべえ」

「それでよろしい」

と嘉右衛門が笑った。

その昼下がり、戸田浜に韮山の代官江川《えがわ》太郎左衛門《たろうざえもん》の手勢が入るとの噂が流れた。たちまち広まる噂に浜は騒然とし、戸田に入る大瀬崎と土肥からの浜街道口、さらには戸田峠からの入り口に見張りが走った。

その後、ぱたりと静まり返った。

噂がほんとうかどうか様子を浜じゅうが窺《うかが》っていた。

左京と兎之吉は浜で釣り糸を垂れて、韮山代官の手勢が入るかどうか見ていた。

釣道具はお馬に借りたものだ。

「左京様、神奈川宿までの御用が思いがけず駿河富士を眺める豆州まで遠出をしてきましたよ」

「江戸では心配しておろうな」

左京は高家《こうけ》肝煎《きもいり》品川《しながわ》家の出方も気になっていた。だが、ここでおらんを逃すわけにはいかなかった。

「なんとしてもおらんをひっ捕まえて江戸に戻りたいもので」

「兎之吉、今晩内に決着をつける所存だ」

「へえっ」

左京と兎之吉は釣り糸を垂れながら、その夜の下相談を終えた。

戸田峠のほうから、
わあっ
という歓声が響いた。

「韮山代官、江川様のご出馬だぞ！」

そんな叫び声が戸田浜に響いて、戸田浜が騒がしくなった。

幕臣にしてかつ伊豆韮山代官を務める江川太郎左衛門英龍《ひでたつ》は洋式の兵学に詳しく、近年日本近海に出没する外国艦船の脅威に対抗するための海防論を幕閣で熱心に唱えて啓発していた。

天保《てんぽう》十二年（一八四一）には徳丸ヶ原の幕府練兵場で高島秋帆《たかしましゅうはん》が洋式砲術を披露して、幕閣、大名旗本諸家のど肝を抜いた。

その後、幕府では高島が使用した大砲、鉄砲すべてを買い上げ、江川太郎左衛門に秋帆の弟子になって洋式砲術を学ぶことを命じた。

高島も江川も西洋の科学軍事技術の水準が実証的に高いことを承知していた。それだけに欧米列強の知識を急ぎ吸収したいと願っていた。

嘉永《かえい》二年（一八四九）、韮山《にらやま》の屋敷内に反射炉を築いたのもそんな理由からだ。反射炉を完成させて、近代的な武器の生産に着手しなければ国が滅びると江川は危惧していた。

日本近海における欧米列強の艦隊の活動は、江川太郎左衛門らの危惧を上回るものであった。

そんな折、代官領内でおろしゃの軍艦ディアナ号が沈没し、その代船建造を江川太郎左衛門が勘定奉行川路聖謨《かわじとしあきら》に建策して戸田湊牛ヶ洞で行うことになった。

このことは江川にとっても画期的な出来事であった。

おろしゃの願いを幕府が聞き届けたと知ると江川太郎左衛門は戸田浜付近の船大工に積極的に洋式帆船の技術を習得するように命じていた。

わずか百トンのヘダ号完成は造船技術の遅れた日本に一筋の光明をもたらした。

だが、プチャーチンら四十七人を乗せたヘダ号を見送った直後、江川太郎左衛門英龍は江戸の本所屋敷で卒然と亡くなった。安政二年一月十六日のことだ。

列強の力を正当に評価し、国防に力を注ごうとした矢先だった。

偉人だった父に代わり、江川家三十七世を倅の英敏《ひでとし》が継承した。

そんな折、戸田湊のヘダ号建造で培った技術に各藩が興味を示し、さらには唐人船まで出没しているという情報が伝わってきた。

看過できない事態に江戸にいた太郎左衛門英敏は急遽《きゅうきょ》韮山に戻り、配下の者を率いて戸田峠を越えたところだった。

「江川様一行は大行寺に入られたぞ！」

「覗いてみるか」

江川代官らはまず大行寺に本陣を設けて探索の拠点とするようだ。

「へえっ」

と答えた兎之吉が、

「代官ご出馬を聞いて唐人船が姿を見せなくなるということはございますまいな」

とそのことを心配した。

唐人船が戸田湊に入らないということは、おらんの捕縛もまた一からやり直しということだ。

「そのことを思案しても仕方あるまい」

二人は急いで釣り糸を竿《さお》に巻きつけると網小屋に戻った。

左京はすでに乾いていた衣服に着替え、大小を差して侍姿に戻った。

大行寺は戸田大川の北側にあった。

この寺は日露和親条約の改定交渉の舞台になった寺だ。

左京と兎之吉は土橋を渡って山伏峠へと向かい、その途中から左に折れて大行寺の山門を目指した。するとちょうど陣笠に馬乗袴《ばかま》の三十七世江川太郎左衛門英敏が山門前で馬から下りるところであった。

十六歳の若い代官を羽織袴の戸田村の庄屋たちが出迎えていた。

左京は江川の配下が担ぐ最新式の鉄砲に注目した。

左京が知る鉄砲は火縄銃だ。

だが、江川代官の配下が携帯したのは英国製元込め式エンフィールド連発鉄砲だった。

「ありゃあ、異国の鉄砲にございますな」

兎之吉も鉄砲に目を止めて言った。

その声が聞こえたか、江川代官の視線が左京らに向けられた。

「お手前方は」

代官の問いに左京は同じ幕臣同士だ、正直に答えようと即座に決断した。

「それがし、交代寄合座光寺為清にございます。江川様、お役目、ご苦労に存ずる」

禄高は座光寺家が上だが江川家は代々伊豆韮山代官を務め、父の英龍は兵法学者として数々の実績があった人物だ。英敏は三十七代の当主として若いながらその風格が備わっていた。

「座光寺為清どのであったか。豆州戸田湊になんぞ御用かな」

江川英敏としては当然の問いだ。

「ちと事情がござって先の大地震の夜に吉原を逃散した遊女を追い、江川様ご支配の領内に入り込みました。お見逃しあれ」

「吉原の女郎とな。その者の名はなんと言うか」

もはや正直に答えるしかない。

「稲木楼の抱え女郎瀬紫、出は江戸三河島村にて、親から授かった名はおらんと申す者にございます」

「おらんな。その女が確かに戸田湊にあるという確証がござるか」

「横浜村洲干島にて得た情報にござれば不確かにございます。ですが、われらとしては風聞に縋《すが》らざるをえないので」

左京は、おらんが黒蛇頭の一味に加わっているとか、昨夜、唐人船で見かけたとは言わなかった。

ここはあくまでおらん一人が戸田湊にいると主張するほうが互いに迷惑が掛からぬと直感したからだ。

「父が亡くなったを幸いに考えたか、戸田湊になにやら有象無象《うぞうむぞう》が入り込んでおると聞いたで、われらも出張《でば》って参った。まずわれらは唐人船を退治致す所存だが……」

と言葉を切った韮山代官が、

「座光寺どの、われらが先におらんを見付けた場合、どうするな」

と左京の真意を探るように問うた。

「われら、戸田大川のお馬の網小屋に逗留しております。ご連絡頂ければ身柄を引き取りに参じます」

「引き渡すかどうかは、座光寺どの、おらんを尋問した後のことだな」

と江川太郎左衛門英敏が答え、不敵に笑った。

四

修善寺の庄屋嘉右衛門の銭箱持ち左吉に化けた座光寺左京は初めて唐人船の舷側を越えて船に乗り込んだ。

夜空にまた冬の稲光が走っていた。だが、雨は降る様子はなかった。

左京は懐に小鉈を隠しただけの格好だ。

二人を出迎えたのは黒い長衣の男たちだ。腰帯に短筒をぶち込み、青龍刀や矛を手にした巨漢ばかりだ。

嘉右衛門は慣れた様子で、

「また寄せてもらいましたよ。今晩は銭箱持ちの左吉を引き連れてな、一世一代の大勝負をさせてもらいますよ」

と日本語で言いかけた。

「嘉右衛門の旦那、精々《せいぜい》儲けて下さいな」

と流暢《りゅうちょう》な日本語が答えた。

薄物を着た唐人の小女が嘉右衛門と左京を甲板から船底へ下りる階段へと案内していった。

船室に入った途端、甘酸っぱい阿片の匂いが漂ってきた。甲板から一層下の通路を奥へ進むと左右の部屋から赤い明かりが零《こぼ》れ、絹布団と枕に寝転がって阿片煙草を吸う男女がうすぼんやりと見えた。

そんな部屋がいくつか並び、さらに別の階段を下りると博奕場特有の重苦しい熱気とざわめきが一気に押し寄せてきた。

前を行く嘉右衛門が、

「英敏どのに会われたそうな」

と囁《ささや》いた。

韮山代官を、英敏どのと呼んだ。それは正体を隠したと思える嘉右衛門がそれなりの身分ということを示していないか。

「唐人船の戸田来航はもはや今晩かぎり、そなたがおらんなる女を探すのなら時はございませんぞ」

と唆《そそのか》すようにいった。

「嘉右衛門どの、そなたは」

「私の素性を詮索したところで致し方ありますまい。修善寺の庄屋でよいではないか」

嘉右衛門がひょいと左京の担いだ銭箱を受け取り、中から小判をつかみ出すと案内の小女に一枚渡した。

小女が唐人の言葉で礼を述べ、甲板へと戻っていった。

厚い布が垂れた向こうは博奕場だ。

嘉右衛門が布の向こうに姿を入れた。

左京は捲《めく》れ上がった布の向こうに何十人もの、ぎらぎらとした目を光らせた男たちが唐人博奕に興じている光景をちらりと見て、船内の闇に身を没させた。

狭い通路を進んだ。

唐人船は家族から家畜まで船に積み込んで航海した。だが、黒蛇頭の副頭目廷一渕が支配する船内には家族の姿はいないように思えた。

迷路のような通路をさらに進むと食べものを調理するのか、竈《かまど》の火の熱気と油の焦げたような匂いが漂ってきた。

　左京はおらんを見た舳先に向って船内の通路を突き進んだ。

　ふいに人の気配がして左京の前に飛び出した男がいた。異郷の言葉で誰何《すいか》されたようだ。あるいは悲鳴を上げたか。

　左京は咄嗟《とっさ》に相手の鳩尾《みぞおち》に拳を叩き込んだ。くたくたと倒れ掛かる大きな体を抱き止めると汗と酒の臭いが鼻腔をついた。

　左京は男が出てきた扉の中にぐったりとした相手を連れ込んだ。

　ほのかな明かりのランタンが点された部屋は酒の甕《かめ》が並んでいた。男はどうやら酒を盗み飲みしていたようだ。

　腰帯を外して黒の長衣を脱がせ、帯で手早く後ろ手に縛った。すると長衣から革鞘に差し込まれた短剣が転がり落ちた。

　左京は刃を抜いてみた。

　刃渡り七寸余の両刃の短剣だ。十字の鍔《つば》が嵌《は》め込まれた短剣は狭い船内では有効な得物になりそうだ。

　男の長衣を羽織り、裸の体を酒甕の後ろに隠した。

　再び通路に出た左京は右手から話し声が近付くのを知った。左手から人が来たら挟み撃ちだ。前進する。それしか方法はなかった。

一尺にも満たない梯子段《はしごだん》がさらに船底へと下っていた。

左京は迷いなく潜り込んだ。

どうやら水夫たちの居住区のようだ。だが、運がいいことに水夫たちは博奕場や調理場に働きに出て、そこにはだれの姿もなかった。

天井の低い船底をさらに舳先を目指して突き進む。すでに水面下にいるのか波の音と雷鳴が頭の上から響いて伝わってきた。

饐《す》えた臭いの船底の向こうに明かりが落ちていた。もう舳先は近いはずだ。光の下にいくとここにも柱の左右交互に踏み棒が突き出た梯子段があった。

左京は短剣を口に咥《くわ》え、梯子段をよじ登った。

板や梁、大工道具が目に入った。

船大工の部屋か。狭い部屋に上がった途端、二人の男と目を合わせた。

怒鳴り声が発せられた。

なにを言われたか分かるはずもない。当惑する左京の顔を見た二人が再び叫び合い、壁にかかっていた青龍刀と斧を摑んだ。

左京はもはや迷っている暇はなかった。

間合いを一気に詰め、刀と斧を振り翳《かざ》す二人のうち、一人を蹴り倒し、もう一人を短剣の柄頭で首筋を殴りつけた。蹴り倒された唐人は狭い壁に頭を打ち付け、ふらふらと立ち上がろうとしていた。

その首筋に手刀を叩き込んだ。

二人が気を失ったのを見て、左京は、
ふーうっ
と息を吐いた。

空気が淀んだ船内は少し動いただけで息苦しかった。

船大工の部屋を出た。さらに階段と廊下を抜けた。

行く手に大扉が閉じられていた。扉の隙間からほのかな明かりが左京の立つ場所に洩れていた。

左京はゆっくりと近付き、扉の前で向こうの気配を窺った。

人がいる様子はなかった。

扉をゆっくりと開けた。すると今までいた船底とは異なる世界が広がっていた。廊下に鍛通《だんつう》が敷かれ、その奥に極彩色の扉があった。

唐人船に乗る賓客か、副頭目廷一渕の船室と思えた。

ふいに奥から胡弓《こきゅう》の響きが聞こえた。

唐人の楽《がく》の音か。だが、どこか調べが違うように思えた。
左京は知らなかったが、吉原で夕暮れに爪弾《つまび》かれる清搔《すががき》の調べだった。
左京は直感した。
異郷の楽器で弾く者は瀬紫ことおらんではないか。
扉に手をかけた。
男の声が誰何した。
胡弓の調べが止まった。
言葉が交わされた。
部屋の中には男と女がいる様子だ。
廷一渕とおらんか。
左京は扉を押し開いた。
豪奢に飾られた船室に二人の男女がいた。黒の長衣を着た巨漢と白の打掛けの女だ。
女はパンヤをふっくらと詰めた絹の夜具に座り、男は阿片煙草を吸っていた。
床に置かれた七色のランタンが部屋の天井や壁や家具に妖《あや》しげな光を投げていた。
男が長煙管を捨てると何事か喚《わめ》き、立ち上がった。

左京は羽織っていた長衣をびりびりと破いて脱ぎ捨てた。

男が今度は驚きの声を発した。

「稲木楼の瀬紫だな」

左京は手にしていた短剣の切っ先で白塗りをして赤い紅を唇に刷《は》いた女に問うた。

「そのような名で呼ばれた昔もありんした。ぬし様はどなたにござんすか」

「座光寺左京為清」

「ふざけちゃいけないよ」

おらんが地を出して叫んだ。

「高家肝煎品川家から座光寺家に養子に入った左京為清は死んだ。深川三十三間堂の戦いでこのおれが斃した」

「おまえは本宮藤之助だね」

「おらん、承知か」

「私と左京様の後をしつこく追ってきた伊那の山猿がこんなところまで現れたのかえ」

「おらん、今では将軍家定様にお目見《めみえ》を果たした座光寺当主、十二代の真正左京為清である。もはやそなたの左京は座光寺家には一瞬たりとも存在しなかったのだ」

左京が凜然と宣告した。

「糞《くそ》っ！」

おらんの目尻が釣り上がり、整った顔立ちが夜叉《やしゃ》に変じた。

「おらん、そなたを江戸に連れ戻る。そなたが死んだ左京と犯した数々の悪行、白洲《しらす》の上で裁かれることになろう」

おらんが廷一渕に異国の言葉で告げた。

廷がふわりと巨体を動かし、おらんの背に回った。そして、反対側に出てきたとき、手には連発式の短筒が構えられていた。

ぴたりと銃口で左京の胸板に狙いを付けたまま何事か命じた。

「短剣を捨てよとさ。飛んで火にいる夏の虫たあ、おまえさんのことだねえ」

おらんが勝ち誇ったように言った。

再び雷鳴が走ったか、唐人船が震えた。

廷一渕の血相が変わり、再び喚いた。

「そいつを捨てないとどてっ腹に風穴開けるとさ。唐人は容赦ないよ」

左京の手から短剣が零《こぼ》れ落ちた。

船内のどこかで騒ぎが始まった。

大勢の人が喚き合い、駆け回る足音がした。

廷一渕は一瞬なんの騒ぎが起こったか、知ろうとするように視線を左京から天井の一角に外した。

どどーん！

雷鳴とは異なる音が殷々《いんいん》と響いた。

大砲の音だ。

廷が罵り声を上げた。

引き金にかかった指に力が入った。

左京の片手が懐に突っ込まれ、同時に床のランタンを片足で蹴飛ばした。

油が床にこぼれ、炎が走り、銃声が響いた。

だが、炎に狙いを狂わされた銃弾は左京の鬢《びん》を掠《かす》めて後ろの扉を射抜いた。

片手が懐から引き抜かれ、小鉈を摑んだ左京の手首が捻られ、投げられた。

廷もまた引き金を引いていた。だが、動揺が残っていたか、一瞬その動作が遅れた。

小鉈は一直線に虚空を飛んで廷の首筋に突き立った。

なにか悲鳴を口から洩らした廷の巨体がくねくねと揺れて後退《あとずさ》りし、崩れ落ちるように床に倒れ込んだ。
「廷！」
おらんの悲鳴が上がった。
左京の立つ背の扉が押し開かれて、いきなり飛び込んできたものがいた。
青龍刀の刃が炎を映して煌いた。
左京は刃の下に身を入れると相手の腰を摑み、後ろ反りに投げていた。
どさり
と飛び込んできた男が落ちたのは床を這う炎の上だ。
長衣に炎が燃え移った。
男が転がった。
今や炎は船室じゅうに広がろうとしていた。
左京はおらんに視線を戻した。
二人の男女は燃え盛る炎を挟《はさ》んで睨《にら》み合った。
「おらん、覚悟せえ」
「伊那の山猿、許せぬ」
二人が叫び合ったとき、体じゅうに炎が回った男が転がりながら左京の片足にぶつかり、取り縋《すが》った。

「左京様、廷一渕様の恨み、おらんは決して忘れはせぬ！」

と吐き捨てたおらんはもう一つの扉から飛び出していった。

左京は足に縋った男をもう一方の足で蹴り飛ばして、燃え盛る炎に飛び込み、おらんが消えた扉を開こうとした。だが、錠が下ろされたか、扉は開かなかった。

左京は廷の首筋に投げ打った小鉈を摑み取り、扉の板に叩きつけた。何度も何度も叩きつけた。

炎が左京に迫ってきた。

手を差し込めるほど扉の板が割れた。手を差し入れ、錠前の掛け金を外して扉を開け、続き部屋に入った。

いつの間に碇《いかり》を上げたか、唐人船が動いていた。

大砲が唐人船からも打ち出されていた。

左京にはなにが起こったか分からぬまま、唐人たちが右往左往する通路を甲板へと駆け上がった。

夜空に稲光が走り、その一瞬だけ戸田湊を白昼へと変えた。

伊豆代官江川家の旗印を掲げた御用船二隻から小型の大砲を唐人船に向って撃ち出

しており、唐人船も駿河湾へと逃走を図りながら御用船へと応撃していた。

左京は博奕に興じていた客たちが甲板を無闇に逃げ惑っているのを見た。

「海に飛び込め、湊にいる内に飛び込むのだ！」

左京は叫んだ。すると何人かが船縁《ふなべり》を越えて海へと飛び込んだ。

「嘉右衛門様！」

左京は唐人船に潜り込む助勢をしてくれた嘉右衛門を探して歩いた。

矛が突き出された。

左京は咄嗟に体を躱《かわ》すと手にしていた小鉈を肩口に叩き込んだ。

「嘉右衛門様！」

舳先から艫《とも》に向って走った。すると船室から炎が甲板へと吹き上げて、唐人たちの間から悲鳴が上がった。

炎の向こうで嘉右衛門が船縁に跨《また》がったのを見た。

「嘉右衛門様、ご無事か」

「おう、座光寺どの、願いは果たされましたな」

「逃げられた。まだ、船内におろうと思う。探して必ずや捕縛致す」

「唐人船には火薬が積まれておりますぞ。火薬庫に火が入れば船は木《こ》っ端《ぱ》微塵《みじん》、女郎など捨ておきなされ！」

と叫び返した嘉右衛門が海へと飛んだ。

唐人船と韮山代官の御用船との間には小さな小舟が群れて唐人船から飛び込む人々を救い上げていた。

左京は嘉右衛門が一隻の小舟に拾い上げられたのを確かめ、再び舳先へと戻っていった。

なんとしてもおらんの身柄を拘束したい一念だ。

だが、船上を焦がす炎の勢いが強くなり、御用船に応撃する唐人船の大砲もまばらになっていた。

左京が再び舳先付近に戻ったとき、
ずしーん
という鈍い音が響いて、甲板の床が持ち上げられ、左京は虚空に浮かぶと菰包《こもづつ》みの上に叩き付けられた。

息が一瞬止まった。手にはしっかりと小鉈を握っていた。

振り向くと唐人船の中央から凄まじい火炎が立ち昇っていた。

火薬庫に火が入ったのだ。

唐人たちがたまらず海に飛び込む姿が見えた。

唐人船はそれでも御浜岬を回って駿河湾に逃れようとしていた。

沖合いには黒蛇頭の総頭目老陳が乗り込むもう一隻の唐人船の姿があった。

もはや唐人船におらんを探して回る余裕はない。

唐人たちが狂乱の体《てい》で叫び、外海まで船上に頑張るか、内海に飛び込むか迷っていた。

左京は意を決して小鉈を咥えると船縁から海に向って飛んだ。

夜明け前の暗く冷たい海中へと頭から着水した直後、左京の体は水中でもみくちゃになった。

その直後、
ずずーん!

という鈍く重い爆発音が響き、海中が泡立ち、左京の体はくるくると何度も回転した。

もはや海面はどこか分からなかった。

左京は口に咥えた小鉈を手に摑み、なされるままに耐えていた。

天竜川の激流に逆らっても体力を失うだけだ。ただ耐えて時を待てば生きる道も開けた。

肺が破裂しそうになった。それでも我慢した。

ふいに左京の体が突上げられ、
ぽーん
と海面に浮いていた。

稲妻が走り、微光が戸田の海を照らしていた。

左京は炎に包まれた唐人船が二つに割れて、それでも外海へと走りながら、横倒しになるのを見た。

左京は立ち泳ぎをしながら、雷鳴の響きを新しい時代を迎える時鐘のような気持ちで聞いた。

その時、横倒しになった唐人船が内海と外海の境で水中に引き込まれていった。

帆柱が最後に海底に沈み、海中が炎で赤く染まった。

だが、それは一瞬のことだった。

左京は、

（おらんは唐人船と一緒に水中に沈んだか）

と考えた。だが、

（いや、おらんは絶対に生きておる）

と思い直した。

左京の立ち泳ぎするかたわらに小舟が寄って来た。

兎之吉が漕ぐ舟だ。

「おらんはどうしました」

「逃げられた」

左京は船縁に摑まり、手の小鉈を舟中に放り込むと波の押し寄せるのを利して舟に転がり上がった。

兎之吉が、
ふうっ
と息を吐き、力なく呟いた。

「また一からやり直しですかえ」

「やり直しだ。だが、われらが探さずとも先方から姿を見せよう」

「それはまたどうしたことで」

「黒蛇頭の副頭目廷一渕をおらんの前で始末した。おらんの想い人ふたりを斃したことになる」

江戸で先代座光寺左京為清との戦いを制し、今また廷を斃したのだ。

「おらんは左京様に恨みを感じているというわけですかえ」

「いかにも」

「逆恨みも甚《はなは》だしいや」

左京は寒さに震えながら、おらんは絶対に姿を見せると考えていた。

第五章　北辰落つ

一

疲労困憊《こんぱい》の二人が六郷の渡しを越え、品川宿に足を踏み入れたとき、臘月《ろうげつ》の声を聞いていた。

豆州戸田浜から戸田峠を越えた二人は朝早くから夕暮れまでひたすら歩き続け、街道沿いの旅籠に入ると夕餉《ゆうげ》を食して床に就き、また夜明け前に起き出して江戸を目指してきた。瀬紫《せむらさき》ことおらん捕縛が不首尾に終わったことが二人を江戸へと急がせたのだ。

座光寺《ざこうじ》左京《さきょう》と兎之吉《うのきち》は吉原を逃げたおらんをあと一歩と追い詰めながら取り逃がしていた。

左京は徳川幕府が支配する三百余州が外国列強の脅威に晒《さら》されていることを体験したことや、またおらんを間近まで追い詰め、顔を見知ったことをせめてもの収穫と考えた。

二人は重い足を止めて品川沖を見た。

「千鳥か」

兎之吉が呟いた。

寒風が吹く干潟では千鳥が群れて啼《な》いていた。愛らしい啼き声はいかにも師走《しわす》の到来を思わせた。

伊那《いな》谷育ちの左京には馴染みのない鳥だ。

だが、江戸の風流人は千鳥を珍重して発句などに詠《よ》み込んだ。

「行灯《あんどん》に千鳥鳴くなり夜の雨」（護物）

千鳥は鴫《しぎ》に似た小鳥で哀調のある声で親われていた。

品川宿の飯盛り旅籠もなんとなく慌《あわただ》しい気配があって、挟み箱に入れた伊勢《いせ》暦《ごよみ》を供に担がせた御師《おし》が往来していた。

「師走ですねえ」

「師走だな」

二人は言い合って品川宿を抜けた。

「左京様、どうなさいます」

「まずは屋敷に戻るしか手はあるまい」

「へえっ」

と答える兎之吉の語調もどことなく弱々しい。

夕暮れ前、高輪《たかなわ》大木戸を潜って江戸の町に入った二人は、三縁山増上寺の山門を横目に東海道の芝口橋で別れた。

「左京様、お気を落とされちゃなりませんぜ」

「うーむ。不首尾に終わって残念だったと巽屋《たつみや》の親分に伝えてくれ。近々浅草山谷に顔を出す」

「へえっ」

左京は御堀沿いに溜池《ためいけ》を上がり、御城を右手に見ながら紀伊国坂から四谷御門、市ケ谷御門と過ぎて牛込御門に向うことになる。

一方、兎之吉は東海道を日本橋まで行き、橋を渡って魚河岸など府内を東北に抜けて、浅草御門から御蔵前《おくらまえ》通りに出て、山谷堀に架かる今戸橋へと向うのだ。

牛込御門外山伏町の座光寺家の表門はすでに閉じられていた。

左京は通用口を叩いた。

「どなたかな」

門番が誰何《すいか》するのを、

「左京じゃあ、ただ今、旅から戻った」

と応答した。

「左京様、お帰りなさいませ」

慌しく通用口が開かれ、邸内が一気に騒々しくなった。

左京が玄関式台に立つと家老の引田武兵衛《ひきたたけべえ》と文乃《あやの》が一緒に奥から姿を見せた。

「ただ今戻った」

「長《なが》の道中でございましたな」

ほっと安堵《あんど》の表情の武兵衛が答え、左京の顔に旅の首尾を探るように見詰めた。

「神奈川宿にずっと逗留にございましたか」

「そうではないのだ。おらんを追って、新開地横浜村洲干島《しゅうかんじま》から豆州戸田浜というところまで足を伸ばしたのだ」

「なんと箱根を越えて豆州に旅をなされましたか」

「武兵衛、箱根を越えたのではないわ。根府川《ねぶかわ》の関所を通り熱海、多賀から修善寺へと抜けたのだ」

「熱海、修善寺とは名高き湯の里ですな」

「物見遊山の旅ではないぞ、武兵衛」

腰の大小を抜いて文乃に差し出す左京に重い疲労と虚脱を読み取った文乃が、

「ご苦労にございました」

と小さな声で労《ねぎら》い、さらになにかを問いかけようとする武兵衛に、

「ご家老、左京様はまず湯屋で旅塵を落とされるのが先にございます」

と言った。

「おおっ、そうじゃな。左京様、その足で湯屋に参られませ」

「養母上《ははうえ》に帰邸の挨拶をなしたいが」

「列《れっ》様は落ち着いてからでよいと申されておられます」

「ならば湯屋に参ろう」

草鞋《わらじ》の紐を解くのももどかしく左京は文乃に付き従われて湯殿に入った。

湯屋の外、湯釜の前では弥助爺《やすけじい》が慌《あわただ》しく火を点け直す様子が窺《うかが》えた。

下帯一つになった左京は暗い湯殿に入った。すると姉様被《かぶ》りに襷《たすき》がけの文乃が湯船に張られた湯を手桶で汲んで、

「火を落としてだいぶ経ちます。微温湯《ぬるまゆ》になっております」

「かまわぬ」

左京は湯殿にべたりと胡坐《あぐら》をかくと文乃が微温湯を肩からかけた。

ふうっ
と左京は息を一つ吐いた。

「寒くはございませんか」

「海の水より随分と温かじゃぞ、文乃」

「この寒《かん》の季節、海に入られましたか」

「おうっ、戸田浜でな、海水にたっぷりと浸からされた」

「なんという道中で」

文乃に微温湯をかけられ、糠《ぬか》袋で背中を擦《こす》られているとしみじみ、

「わが屋敷」

に戻った気分になった。

「やはりよいな、わが家は」

「左京様が江戸にも屋敷にも馴染まれたということです」

文乃が言う。

「いかにもさようじゃな」

「文乃、糠袋を貸せ」

文乃から糠袋を受け取った左京は全身の肌が赤くなるまで擦り上げた。着替えの用意をするため、湯殿から文乃が姿を消した。

左京は何杯も微温湯を被った。

「左京様、釜の湯も段々と熱くなります」

と飯炊きの老爺弥助の声がした。

「弥助、慌てさせたな」

まだ温《ぬる》い湯に身を浸した。すると強張《こわば》った筋肉がゆっくりと弛緩するのを感じた。

「気持ちがいいわ」

左京の呟きは弥助の耳に届かないのか、返答はなかった。

その代わり、脱衣場に文乃が寝巻きや下帯を持参して戻ってきた気配があった。

「文乃、江戸は変わりないか」

文乃からも返事はなかった。

違和を感じた左京が脱衣場の戸口を見た。

黒い影が風のように洗い場に侵入してきた。

脱衣場のぼんやりとした明かりに抜き身が光り、剽悍《ひょうかん》にも侵入者が湯殿の左京に突きかかってきた。

左京は立ち上がることなく湯に身を潜らせた。

刺客は一撃目を外された。

左京は湯の中で目は開けていた。

その視界に黒い影が覆いかぶさってきた。

左京の片手が湯から伸び上がって侵入者の襟首を摑《つか》み、もう一方の肘《ひじ》で相手の首を圧迫しながら、
くるり
と身を変えた。

相手が手にした刃《やいば》を振り回そうとしたが、狭い湯船の湯の中だ。湯船の縁にぶつかり自在に使うことが出来なかった。

その間にも左京は喉首を締め付けた。

湯が段々と熱くなっていく。

抵抗していた相手が急にぐったりとした。

左京が湯の中から顔を上げて、

ふうっ
と大きな息を吐いた。

その視線の先に呆然と脱衣場の戸口に立つ文乃の姿があった。洗い場に抜き身が転がっていた。

「な、何事にございますか」

「左京の帰宅を知られたどこぞのお方が、刺客を送ってこられたのよ」

「左京様がお帰りになられたのはつい最前のことです」

「ならば見張られていたことになるな」

左京は湯船から刺客を引き上げ、洗い場に転がした。

湯船の外にばたばたといくつもの足音が乱れて、

「何事にございますな！　左京様」

と武兵衛の声が響いた。

おっとり刀と言いたいが家臣の大半はまともに刀を持参した者はいなかった。ただ、慌て騒いでいた。

（これが剛勇で知られた伊那衆座光寺一族か）

左京は伊那谷の山吹陣屋と江戸屋敷の家臣団の心構えと覚悟の差に愕然とした。

「弥助、水を持って参れ」

左京は武兵衛の問いには答えず、釜前の弥助に命じた。

「熱くなり過ぎましたか」

釜場との戸口が開き、弥助が木桶に用意した水を差し出し、洗い場に転がる刺客に目を見張った。

左京は刺客の風体を改めた。

見覚えはなかった。

着古した衣服と陽に焼けた面体から察して流浪の剣客と思えた。間違いなく金子で雇われた刺客だ。

脱衣場の戸口で文乃と武兵衛が、洗い場の一角では弥助が予期せぬ出来事に言葉を失って立ち竦《すく》んでいた。

家臣たちは何事が起こったか理解できず、ただ騒ぎ立てていた。

「刺客ひとりが屋敷に侵入しただけのことだ、騒ぐでない」

そう命じた左京は下帯ひとつで湯船から上がり、弥助から木桶を受け取ると、
ざんぶ
と刺客の顔に水をかけた。

うう っ

と呻き声を洩らした刺客はふいに上体を起こして飲み込んだ湯を吐いた。

左京はその様子を見ながら刺客の刀を拾い上げた。

「者ども、こやつを縛り上げて蔵に繋《つな》いでおけ。明朝にも直々に左京が尋問致すわ」

「畏《かしこ》まりました」

洗い場にようやく事情を察した家臣たちが入ってきて、まだ湯を吐き続ける侵入者を湯殿から連れ出していった。

「江戸も忙しいのう」

湯殿に残った武兵衛と文乃に左京が言い放ち、二人ががくがくと頷いた。

半刻後、座光寺家の刀自《とうじ》列の前で左京は神奈川宿横浜村から豆州戸田浜の出来事を報告し終えていた。

同席したのは家老の引田武兵衛のみだ。

「瀬紫と申す女、なかなかの悪女にございますな」

武兵衛が感嘆したように呟く。

「武兵衛、瀬紫の名は吉原を抜けたときに捨てたつもりのようだ。ただ今はおらんに立ち戻り、百面相のごとく日々顔を変えて新たな悪事を考えおるわ」

「先代様が情を交わした女は厄介な相手にございますな」

　武兵衛が頭を抱えた。

「武兵衛、品川《しながわ》家からは表立って先代の一件の談判はないか」

「式部大夫《しきぶたいふ》様もわが子左京様の所業は承知しておられますからな、そう表立っての注文もつけられますまい」

「じゃが、武兵衛、左京どのが屋敷に戻ったとなると早々に邸内まで刺客を送り込んでこられる、いささか迷惑です」

　列が言い出した。

「養母上、戸田浜でおらんを取り逃がしたはなんとも残念至極、左京の失態にございました。ですが、必ずやおらんの方から左京になんぞ働きかけて参ります。それまで今しばしのご辛抱にございます」

　と左京は列に謝った。

「左京どの、今宵はゆっくりとお休みなされ」

「お言葉に甘えてそうさせて頂きます」

　左京と武兵衛は列刀自の前から下がった。

奥の廊下を歩きながら武兵衛が、

「左京様、腹も空かれたことでしょうな」

「腹も空いたがちと相談もある」

「文乃に座敷に膳を運ばせます」

「われらが台所に参ったほうが早かろう」

「座光寺家の当主が板の間で膳を前にするなどなりませぬぞ」

「武兵衛、われら、今一度、伊那谷の土豪に戻らねばならぬ」

「どういうことにございますか」

二人が台所に入っていくと文乃と女衆が膳を主の座敷に運ぼうと立ち上がったところだった。

「文乃、ここで構わぬ。武兵衛と酒を酌み交わしたい」

文乃が膳を置き、

「酒《ささ》は仕度してございます」

「うーむ」

主従は広い板の間に向かい合うように座った。

「武兵衛、われら、伊那衆座光寺家の気概はなんぞや」

「乱にあって治を忘れず。武人の心がけと郷士の暮らしを忘れぬことにございます」

「いかにもわれら伊那谷の座光寺一門は物心ついたときからそのことを五体に叩き込まれてきた。だがな、江戸屋敷にあっては都の暮らしに慣れ過ぎ、一族の根本を忘れてしもうたわ」

「はっ、はい」

武兵衛が恥ずかしそうに答えた。

「屋敷内に怪しげな人物が侵入することを許し、それが判明したとなると慌てふためく様《さま》は座光寺一族の武人《もののふ》といえようか」

「恐れ入ります」

「今一度、座光寺創家の昔に立ち戻り、われら、一から出直す。板の間で食するなど何事があろうか」

文乃が左京と武兵衛の膳に酒器を置き、銚子を構えた。

「武兵衛、酒を酌み交わしながら話を続けようぞ」

「はっ」

文乃が酒を主従二人に注いだ。

突然の主の帰邸に夕餉《ゆうげ》の仕度に追われていた女衆はすでに部屋へと下がっていた。

「此度《こたび》の御用は不首尾に終わった。だがな、武兵衛、左京には大いなる見聞の旅となった。異郷の船がいかに大きなものか、鉄砲の威力がいかなるものか、少しばかりだが垣間見た。幕府は黒船の来航に右往左往して醜態を見せられた。この次そのような事態が起こったとき、われら直参旗本がしっかり致さねば幕府は滅びる、国もまた衰亡致す」

「座光寺家は」

「わが一族も滅び去る」

「そのようなことがございましょうか」

「武兵衛、井の中の蛙《かわず》が今のわれらだ。この世は大きく動いておる。われらは世の激流から取り残され、水溜りが世界と思うてきた。水溜りとは江戸幕府だ、われら座光寺一族だ。そのことを知らされた旅であったわ」

武兵衛が若き主がなにをいわんとするか分からぬながらも首肯《しゅこう》した。

「飲め、武兵衛」

「はっ」

文乃は主従が酒を飲み干すのを見ながら、座光寺家に新たな光明が生じようとしていると思った。

わずか二月《ふたつき》前までこの二人は江戸家老と下士の間柄であった。それが今や下士は座光寺家の十二代目当主の地位に就き、短き間に交代寄合衆の主にふさわしき風格と貫禄を漂わせ始めていた。

「武兵衛、明日より侍、若党、中間《ちゆうげん》の区別なく朝稽古を日課と致す。まず座光寺一族の本分を武術の鍛錬を通して身につけるのだ。おれが朝稽古を致す裏庭に七つ（午前四時）の刻限、全員を集めよ」

「心得ました」

「木刀、竹刀、なんでもよい。所持している稽古道具を持って集まれと命じよ」

「畏まりました」

「師範は」

「座光寺家棟梁《とうりよう》左京為清《ためすが》様にございますな」

「いかにもさようだ」

文乃は二人の会話を聞きながら、

（左京為清様には生まれながらにして棟梁の器が備わっているわ）

と感じて、満足の笑みを浮かべた。

二

八つ半（午前三時）、左京は刺客が閉じ込められた蔵に入った。蔵といっても漬物蔵だ。土間の半分ほどに古漬けの樽《たる》や梅干を漬けた甕《かめ》や味噌醤油の樽が並んでいた。蔵に麹《こうじ》の匂いが充満し、厳しい寒さが支配していた。

刺客は土間のほぼ中央の柱に高手小手に縛られて、細かく体を震わしていた。見張りは家臣の池田《いけだ》公武《きみたけ》だ。池田は先代の時代に江戸屋敷の奉公を命じられた家系で、公武は江戸藩邸のお長屋生まれだった。

左京が蔵に入ったのも分からず、入り口に筵《むしろ》を敷き、箱火鉢を抱えるようにしてどてらを掛けて居眠りしていた。

「起きよ」

左京の何度かの命《めい》に池田が目を開き、ぼうっとした顔付きで左京を見ていたが、

はっ

としてどてらを跳ね除《の》けて立ち上がった。

「退屈したか」

「左京様、つい居眠りを」

「秀でた技を秘めた刺客なれば、命を取られていたやもしれぬ」

「申し訳なきことにございます」

「行灯の灯心を搔《か》き立てよ」

はっ、と答えた池田が暗く燃える行灯の灯心を調節して明かりを大きくした。

「刺客の縛《いまし》めを解け」

「よいので」

「かまわぬ」

明るくなった明かりに蔵の隅に刺客の大小と持ち物があるのが浮かんだ。

刀身は左京を襲ったときに湯船の縁を斬り込み、さらに左京との湯の中での格闘に曲がって、切っ先八寸ほど鞘に突っ込まれた、無様《ぶざま》な姿を晒《さら》していた。

左京は曲がった刀身を手に取り、行灯の明かりで見た。

刃渡り二尺三分をわずかに超えた造りで手入れがよくなされていた。脇差も同様に質素な拵《こしら》えだが刃は曇りひとつない。

武術家の志が差し料に表れていた。

懐中物は古びた革財布で中味は一分金二枚と銭が十数文ばかりだ。

大地震の後、江戸は諸事物価が高騰していた。寺の床下などで暮らしたとしても半月とは持つまい。

（刺客なれば前受け金を受け取っておるはずだが……）

その疑問が左京の頭に生じた。

池田はがんじがらめに縛った縄を解くのに苦労して脇差を使い、縄目を切っていた。縛めを解かれた刺客の震えが急にがたがたと激しくなった。

うーむ

湯に濡れた衣服を着たままに縛られ、それが夜の気温の降下とともに冷えて、凍り付いていた。

左京は身を丸めて震える刺客の顔に行灯を近付けた。三十前後か、赤い顔は熱を発していることを示していた。面ずれや手に竹刀胼胝《だこ》が見られた。痩身だが鍛え上げられた五体だ。

左京は額に手をやり、

「池田、およしを起こして古着を蔵に持参せよと伝えよ。それに座光寺家秘伝の熱冷まし、山吹解熱丸の備えが江戸屋敷にもあるはず、それも持って参れというのだ」

山吹解熱丸は伊那の山奥で採取した薬草を乾燥させ、何種類も混ぜ合わせて作る秘伝の薬だ。戦国往来の時代から座光寺家に伝わる秘薬の一種で戦場に出る一族には必ず携帯が命じられた。

「この刻限、およし様を起こすのですか。機嫌を損ねられます」

池田の顔に困惑の表情が浮かんだ。

「急げ、なんぞ申せば左京の命と伝えよ」

頷いた池田が蔵を飛び出していった。

左京は刺客を箱火鉢の前に抱えていくと濡れて凍りついた衣服を脱がした。鍛え上げられた肉体があればこそ寒さに耐えたといえる。相手が必死の思いで両眼を開き、左京を見た。

左京は池田が羽織っていたどてらを刺客にかけた。

「そなたを尋問しようと思うたが熱を発していてはそれもできまい。今、乾いた衣類と夜具を運ばせる。薬も与える」

ぎらぎらした目でなにかを言わんとしたが歯がかちかちと鳴るばかりで言葉にはならなかった。

「よいよい。この左京に不満があらば体を回復して申せ。尋常の勝負を挑みたければ、そのとき、受けようぞ」

目に驚きの表情が走ったが苦しさに耐え切れず閉じられた。

およしと文乃と池田が漬物蔵に飛び込んできた。

「刺客が死のうと生きようとよいではございませぬか、左京様」

老女が叫んだ。

「およし、だれの命で刺客を請け負ったか。この者の証言が座光寺家に大事なのだ。生きていてもらわねばならぬ」

はっ、と気付いたおよしが、

「ほんに、考えの至らぬことでした」

と答えたおよしはどてらを一旦剝《いったんは》ぎ取り、乾いた手拭《てぬぐい》で震える刺客の背中を擦り始めた。すぐに文乃が加わり、全身を擦り上げて乾いた浴衣《ゆかた》を着せ、さらにどてらをかけた。

「左京様、火鉢を集めて参ります」

文乃が池田を伴い、蔵から消えた。

「左京様、熱冷ましの山吹解熱丸をこの者に飲ませます。お手伝い下され」

「うーむ」

左京が刺客の頰べたをぺたぺたと叩くと、

「しっかりせえ、眠るのは薬を飲んだ後のことだ」

二人で口を開けさせ、座光寺家秘伝の山吹解熱丸を数粒口に含ませ、喉下へと飲み込ませた。

「これでよし」

「み、水を申し受けたい」

そのとき、文乃が水の入った桶と柄杓《ひしゃく》を抱えて蔵に戻ってきた。

「文乃、よう気付いた」

左京は柄杓を受け取ると桶に突っ込み、汲《く》んだ。

「よいか、ゆっくり飲め」

口に柄杓をつけると刺客はごくりごくりと喉を鳴らして飲んだ。

左京が額に手を当てると火のように火照《ほて》っていた。

「濡れ手拭で冷やします。左京様、この場はおよしと文乃にお任せ下さい。そろそろ七つの刻限、総大将様が初日から朝稽古に遅れては末が思いやられます」

と受け合い、言った。

およしは左京が屋敷じゅうの男を裏庭に集めて朝稽古を始めることを承知しているようだった。

「頼んだ。池田が参ればすぐに裏庭に駆け付けよと伝えてくれ」

左京は漬物蔵を出ると庭伝いにまだ暗い裏庭へと回った。すると引田武兵衛とほかに二人ばかり寒さに震えながら待っていた。

「武兵衛、他の者はどうした」

「未だ眠っておるかと」

「叩き起こして直ぐに連れて参れ。即刻裏庭に参集せぬと井戸端で水ごりをとらせると伝えよ」

武兵衛自ら家来たちを起こしにいった。寝ぼけ眼《まなこ》の二人も屋敷にすっ飛んで戻った。

左京はすでに稽古着に着替えていた。

冷たい地面に胡坐をかき、両眼を閉じると瞑想に入った。

左京の脳裏に伊那谷の光景が浮かんだ。

無念無想、心を静めた。

叩き起こされて裏庭に駆け付けた家臣たちが主の座禅に気付き、立ち竦んだ。そこへ引田武兵衛も戻ってきて、左京の行動を見た。黙したまま武兵衛も左京のかたわらに座した。

二十数人の家臣たちも見倣《みなら》わざるをえない。

全員が裏庭の野天の道場で座禅に入った。

四半刻後、左京が悠然と立った。

武兵衛も痺れた足を宥《なだ》めながら立ち上がった。家来たちがよろめきながらもそれに従った。

すでに夜は明けて、白み始めていた。

左京は木刀を握り、家臣たちに向き合った。

「座光寺一族の本分は武にあり、江戸屋敷ではそのことを久しく忘れておったようだ。本日より信濃一傳流《しなのいちでんりゅう》江戸道場を開いて、朝稽古を始める。御用以外で休むことは許さぬ。さよう心得よ」

「はっ」

「信濃一傳流の第一は構えにあり。相手を呑む構えを会得いたさば緒戦において優位に立つ。まずは手本を見せる」

左京は両足を開き、体を正対させ、背筋をぴーんと伸ばした。それだけで左京の身丈が何倍にも大きくなったように武兵衛らには感じられた。

「江戸屋敷育ちには伊那谷を見たこともないものもおろう。わが山吹陣屋からは諏訪《すわ》湖に源を発する天竜川《てんりゅう》の雄大なる流れが望め、さらにその対岸には伊那山脈の山並みが、さらにその背後には雪を戴《いただ》いた一万余尺の白根《しらね》岳など高峰が天に堂々と聳《そび》えておる。信濃一傳流の初歩はこの壮大なる光景と向かい合うことから始まる。天竜を呑め、高嶺を見下ろせ、その気構えが信濃一傳流の第一なり」

左京がゆるゆると木刀を頭上に掲げていく。

家臣たちはただ若き主の行動を見ていた。

木刀が中段から上段に移行する間に左京の体がまた一段と大きくなっていた。まるで巨大な巌《いわお》のように聳え立ち、木刀が頭上に天を突いて静止すると、

「時が止まった」

かようにその場にいる全員が感じた。

左京はだれをも威圧しているわけではない。ただ、木刀を構えて立っているだけだ。

微動もせずに見開かれた両眼は広大無辺の宙を見ていた。

(左京様は構えが大きいのではない、人物が大きいのだ)

引田武兵衛はそう感嘆した。

武兵衛は臍下《せいか》丹田《たんでん》に力を溜めて手にしていた竹刀を上段へと移し、頭上で停めた。

家臣たちが手にした木刀を上げて静止しようとした。

だが、その行動がなんとも難しいのだ。脳裏に伊那谷の光景を思い浮かべようとしてもその余裕がなかった。

時が流れたかどうか、両手が震え、腕が強張ってきた。

額から脂汗を流し始めた者もいた。

一人が竹刀を下ろすとまた一人と続いた。

わずかな刻限に左京を省《のぞ》く全員が木刀や竹刀を下ろして喘《あえ》いでいた。だが、左京は時も空間も超越し、その場にあって、天上界を支配しているように思えた。

静かにも左京の五体から発する精力がそれを可能にしていた。

どれほどの刻限が流れたか、左京の意識は裏庭へと戻り、再び家臣たちと向き合っていた。

「今朝行なったことが明日の力になるのだ。倦《う》まず弛《たゆ》まず稽古修行いたさば必ずや信濃一傳流の構えを会得できる。そのことを忘れるでない」

左京は家臣ら二十余人を二組に分けて、一組ずつ素振りをさせた。素振りを続けさせながら個々人の力量やら悪い癖を見極めていった。

朝稽古の一刻は瞬《また》く間に過ぎた。

「手足の筋肉が痛くなろうがそれを理由に明朝休むことはならぬ。よいな、左京とともに朝稽古を座光寺家の日課と致すぞ」

老練な家臣たちがげんなりした顔で裏庭から姿を消した。

残ったのは引田武兵衛のみだ。

武兵衛は喘ぎながら胸元に風を入れていた。

「武兵衛、汗を拭え、風邪を引くぞ」

「稽古など何年ぶりのことにございましょう」

「しばらく辛い朝が続こうがそれを過ぎると楽になる。武兵衛が率先してくれたので家臣全員が顔を揃えたわ」

左京の言葉に武兵衛が苦笑いした。

「左京様、われら、怠惰にも武家の本分を忘れておりました。今朝の醜態がそれを表しております」

左京と武兵衛は井戸端に行くと若い家臣たちが諸肌《もろはだ》脱いで賑やかに汗を拭いていた。

「左京様、この水は汲み上げたばかりにございます」

「家老、どうぞお先に」

と家来たちが先を譲ろうとした。

「そなたらは御用があろう、先に済ませよ」

「よろしいのでございますか」

「よい。武兵衛とそれがしは後でよい」

家来たちは先代左京為清と一度として会話したことがなかったことを思い出していた。

高家肝煎《こうけきもいり》品川式部大夫の三男は部屋住みの身から旗本家の当主になって直ぐに勘違いに気付かされた。

数多《あまた》ある旗本家の中でも高家肝煎がいかに家禄の他に実入りがあるかということをだ。

一方、養子に入った座光寺家は伊那谷に所領地を持つ千四百十三石の交代寄合衆、山吹領と江戸屋敷を千四百十三石の家禄で支えることに汲々《きゆうきゆう》とする暮らしぶりであった。

先代左京は座光寺家の山伏町の屋敷で夜を過ごしたのは養子に入った当初だけ、後は品川家の家来たちを率いて紅灯の巷《ちまた》に出入りして屋敷には帰らぬことが多かった。

左京は、貧乏旗本座光寺家の家臣と口を利くなど煩《わずら》わしいと考えていた。そのことを家臣たちもすぐに分かった。

主従は心を通わすことなく先代左京が座光寺家の当主であった事実は公《おおやけ》に掻き消されたのだ。

そして、今は伊那山吹領の家来であった本宮藤之助《ほんぐうとうのすけ》が十二代左京為清へと変身を遂げていた。

家来のだれもがそのことを承知していた。

だが、その背後になにが隠されていたか、知る由《よし》もない。

ただ、はっきりしていることは当代の左京為清が将軍家定様とのお目見《めみえ》を済ました人物であること、そして、一族がこの若者を棟梁と担いで生き抜く宿命《さだめ》を負わされていることだ。

若い家臣たちはそのことを即座に認めていた。だが、古い家来の中には座光寺家の下級武士であった本宮家の嫡男《ちゃくなん》が自分たちの当主になったことを認めたくない思いの者もいた。

そのことを今朝の稽古が明白にしていた。

上下が逆転したのだ、認めたくない者がいても致し方あるまいと当の左京は考えていた。

井戸端に集まっているのは若い家臣だ。主の左京と一緒になり、汗を流し合う行為の中で直感的に、

「われらが頭はだれか、強く意識した」

のだ。

「左京様、いつから打ち合い稽古に移りますか」

池田公武が聞いた。

「まずは体力作りが数ヵ月は続こう。足腰を鍛えて打ち合い稽古に移るのとそれをせずに打ち合いに入るのでは後々の伸びが違う。地味な稽古だが半年ほど我慢せよ」

と池田に諭すように言った。

「承知しました」

と答えた池田は、

「明朝、なんぞ用意するものはございますか」

「木刀の素振《すぶ》りを行なう。武兵衛のような重臣は別にして、若い連中は木刀を用意せよ」

「はい」

と池田が答え、武兵衛が、

「左京様、武兵衛を年寄り扱いになされるのは心外にございます。今朝は久しぶりの稽古ゆえ体が動きませんでしたが、なあに昔取った杵柄《きねづか》、明日からは一貫目の重さの木刀すら振り回してみせますぞ」

「無理するでない。江戸屋敷の要《かなめ》が倒れては話にもならぬ」

井戸端に笑いが起こった。


左京は武兵衛を伴い、漬物蔵に戻った。するとおよしと文乃が真っ赤な顔をしてがたがたと震えて眠る刺客の額に冷水で絞った手拭を載せていた。

「どうだ」

「昨夜の寒さにだいぶ酷《ひど》く肺を痛めたようにございます」

「山吹解熱丸でも効果はないか」

「ございません」

とおよしが答えた。

「武兵衛、出入りの医師を呼んでくれぬか。おらんを未だ捕縛しておらぬのだ。この者が回復するかどうかは座光寺家の浮沈にも関わる」

「こやつが回復して品川家とのつながりを吐きましょうか」

「分からぬ。やるだけのことはやっておこう」

武兵衛が頷き、

「医師の診療代も値上がりしております。過日、左京様がお届け下された金子百両に手をつけて構いませぬか」

「構わぬ。医師を迎えるのだ、座敷に移して診察させよ。なんとしてもこの者を元気にしてくれぬか、武兵衛」

「畏まりました」

と座光寺家の家老が承知した。

三

浅草山谷町の巽屋左右次《そうじ》一家の戸口に左京が立ったとき、煤竹《すすたけ》売りの男が奥から出てきた。土間に入ると竹の先端に葉を残した煤竹を囲んで一家の者たちが顔を揃えていた。

「左京様」

兎之吉が気付いて振り向いた。親分の左右次も上がり框に腰を下ろしていた。

「親分、兎之吉を神奈川宿から豆州戸田浜まで引き回した挙句、おらんを取り逃がしてしまった。申し訳ない」

左京が詫《わ》びた。

「左京様、おらんという女、聞けば聞くほど一筋縄でいく女じゃあありませんや。ここはじっくりと網を張り直しましょうか」

と応じると左京らの旅を労《ねぎら》った。

「それにしても唐人船に単身乗り込まれたそうな、えらい騒ぎだ」

「親分、韮山代官の御用船から大砲が撃ちかけられる。唐人船も迎え撃つ。空には冬の稲妻が走り、海は荒れている。おりゃあ、左京様が唐人船と一緒に沈んでしまわれたんじゃねえかと肝を冷やしましたぜ」

「おらんはその騒ぎから逃げ果《おお》せたかねえ」

兎之吉からすでに話を聞いていた左右次が改めてそのことに触れた。

「親分はおらんが一筋縄でいく女ではないと申されましたな。あの女、これまでもどのような災禍や騒ぎに巻き込まれようと必ず生き延びておる。それほど勘働きが鋭いからな、唐人船からも逃げ果せておる」

「品川家から座光寺家に養子に入った左京為清様、さらには唐人の副頭目廷一渕《ていいちえん》と男の生き血を吸って、自らは身を太らせてやがる」

「親分、旅に出て、江戸では分からぬことばかりということを教えられた」

「全くだ。兎之吉に聞いた横浜村、戸田浜の様子だと、将軍様もわっしらもそのうち異人を頭《かしら》に戴いて、家来になり下がることになりますぜ」

左京は大きく頷いた。

「さてと、おらんを取り逃がして一番困るのは座光寺家だ。品川式部大夫様はなんぞ仕掛けてこられましたかえ」

「山伏町の屋敷は見張られていたやもしれぬ。早速、湯屋におるところを襲われた」

「な、なんと」

と上がり框で腰を浮かす左右次に兎之吉が、

「親分、左京様がこのようにお元気なんだ。刺客が始末されたということじゃあありませんか」

と言いかけた。浮かした腰を下ろした左右次が、

「いかにも兎之の言うとおりだ。刺客は何人で押し入りましたな」

「一人であった」

と答えた左京は夜中からの騒ぎの経緯《いきさつ》を話した。

「おおっ、いいご判断だ。刺客を手捕りになされたのは品川家への牽制策になるかもしれませんぜ」

と左右次は左京の手配りを誉めてくれた。

「まあ、お上がりなせえ。ちょいと早いが野郎どもに煤払いをさせようと笹竹を買ったところだ。かたちばかり煤払いを終えて、一杯飲もうと考えていたのさ。ご一緒して下さいな」

「親分、気持ちだけ頂こう」

左京が浅草山谷町まで足を伸ばしたのは巽屋に礼を述べるためだ。それに屋敷には刺客を抱えていた。

品川家から次なる刺客が送り込まれるとも限らなかった。左右次に改めて落ち着いたら顔を出すと断った。

「左京様、近々わっしもお屋敷に面を出しましょう。刺客が一言でも喋ってくれればわっしらの出番もある」

「頼もう」

左京は左右次に願うと通りに出た。

再び今戸橋を渡り、御蔵前《おくらまえ》通りを浅草御門へと向う。

伊勢暦を供に持たせた御師が行き、大八車が米を積んで走る。

二月前、大地震に襲われたこともあっていつにも増して慌しい師走の風景だ。

表通りには復興の兆しが見えていた。だが、一旦裏路地に回ると燃え落ちた長屋の跡地に燃え残りの柱や板で小屋を作り、寒さを防ぎながら必死でその日を生き延びていた。

（内憂外患とはこういうことをいうのか）

左京はそんなことを思いながら、足早に御蔵前通りを駆け抜けるように歩いて神田川を渡った。

柳原土手へと曲がった左京の足はお玉ヶ池に向った。

昼餉《ひるげ》を抜いていたので腹が減っていた。

だが、長いこと稽古を休んだ玄武館に立ち寄り、明日からまた稽古に努めることを知らせておこうと思ってのことだ。

昼下がり、北辰《ほくしん》一刀流千葉道場は森閑《しんかん》としていた。玄武館ではいつ何時《なんどき》でも稽古の気配があったのに、張り詰めた緊張と静寂が漂っていた。

（なにがあったか）

玄武館の門を潜《くぐ》ると玄関先に駕籠《かご》が止まり、今しも道三郎《どうざぶろう》に送られて一人の武家が駕籠に乗り込もうとしていた。

「なんと」

左京は思わず驚きの声を洩らした。すると玄関先でも気付いたか、武家と道三郎が同時に振り返った。

「座光寺どの、戸田浜では世話になったな」

修善寺村の庄屋嘉右衛門《かえもん》と名乗っていた人物が武家姿で、四人の陸尺《ろくしやく》が担ぐ駕籠の前に立っていた。

「嘉右衛門様とお呼びしてよろしいのでございますか。それがしこそご面倒をおかけ申しました」

戸田浜で会ったときよりも七つ、八つ若々しい風体に戻った武家が、

「陣内《じんない》嘉右衛門達忠《たつただ》ゆえ、嘉右衛門で十分」

と笑った。

どうやら嘉右衛門は事情があって老人を装っていたようだ。

「道三郎どの、そなたの弟子は破天荒な男でのう。豆州では千石船の何十倍もありそうな唐人船に乗り込んで引っ掻き回した挙句、駿河湾に横倒しに沈めおったわ」

道三郎が両眼を見開いて左京を見た。

「いえ、なにも好きでそのようなことをなしたわけではございませぬ」

「座光寺家の当代どのの器が大きいのは道三郎も承知じゃあ。そのことをなにかに言おうとは思わぬ」

と苦笑いした道三郎が、

「左京どの、陣内様は老中首座堀田《ほった》正睦《まさよし》様の重臣でな、わが父とは年来の付き合いだ。父の見舞いに来られたが、それは口実、どうやら左京どの、そなたの消息を知りたくてお見えになったようだな」

と道三郎が言い添えた。

安政の大地震の直後、老中首座に抜擢された堀田正睦は下総佐倉《しもうささくら》藩主であった。佐倉領内が疲弊に喘ぐ天保期、藩政改革に乗り出した。その折、洋学を奨励したために、

「西の長崎、東の佐倉」

と呼ばれ、「蘭癖」とか「西洋かぶれ」と陰口を利かれた人物だ。

ペリー来航後、幕府は混乱を続けていた。

幕閣は老中首座阿部《あべ》正弘《まさひろ》、水戸の徳川斉昭《なりあき》、薩摩の島津斉彬《しまづなりあきら》らを中心に運営されていた。これに反発し、不満を抱いていたのが江戸城内溜間詰《たまりまづめ》の譜代、ご家門の面々

だ。

溜間詰の松平乗全《まつだいらのりやす》と松平忠優《ただます》が老中職を罷免《ひめん》されたことに激怒したのが彦根《ひこね》藩主の井伊直弼《いいなおすけ》らだ。阿部としては老中首座を、

「蘭癖」

の堀田正睦に譲ることで譜代、ご家門の怒りを鎮めようと考えた。

ともあれ、嘉右衛門の主が老中首座に就いた直後、その陣内嘉右衛門が戸田浜に潜伏していた。当然密命を帯びてのことと推測された。

陣内嘉右衛門が左京に、

「左京どの、ちと時間があるか」

と聞いた。頷いた左京は道三郎に、

「明日からまた稽古に参ります」

と挨拶した。

嘉右衛門は乗りかけていた駕籠には乗らず、

「ちと歩こう」

と左京に誘いかけ、改めて道三郎に辞去の挨拶をなすと、陸尺らに後から従うように命じた。

嘉右衛門は左京と歩きながら話すつもりのようだ。

「座光寺左京どの、そなたのこと、江戸に戻って調べさせたもろうた」

「…………」

「そなたはつい二月前まで所領地で奉公してきた本宮藤之助と名乗っておられたそうな。元々左京為清どのは高家肝煎品川式部大夫様の三男が座光寺家に養子に入り、名乗られた名であったな」

「陣内様、それがし、上様にお目見を許された座光寺家の十二代目左京為清にございます」

「左京どの、なにも嘉右衛門、そなたの出自《しゅつじ》をあげつらう気はない。それがし、品川式部大夫どのの人物を知るゆえお節介にも危惧をしておる。先の左京為清どのの生死次第では式部大夫どのが黙っておられるはずもないからな。ともあれ品川様はあまり評判のよい方ではない」

「嘉右衛門様、なぜそのようなことに関心をもたれますな」

「勝手ながらそなたという人物が嘉右衛門、気に入り申した。なんぞお役に立つなればと周作《しゅうさく》先生の病気見舞いを口実に道場を訪ねたところだ。左京どの、それがしにお漏らしになることはござらぬか。嘉右衛門、それが座光寺家の大事なればそれがし一人の胸に仕舞っておく術《すべ》も承知じゃが」

左京はしばし沈思し、答えた。

「嘉右衛門様には戸田浜で力を貸して頂いたばかりにございます」

「いや、そなたと知り合ってそれがしの御用は思いがけなくも無事済み申した。わが主は蘭癖と城中で密かに揶揄《やゆ》される人物じゃがな、無法な唐人船などのわが近海における暗躍を許される方ではないでな」

「嘉右衛門様は老中首座の命を帯びて唐人船を追い払いに行かれましたか」

「嘉右衛門ひとりでそのようなことがなるものか。下調べに参ったら、そなたに出会うた。そなたの働きで、老陳《ろうちん》の唐人船は一先《ひとま》ず尻に帆をかけてわが海域から立ち去ったわ」

左京はさらに熟慮した後、

「嘉右衛門様に聞いてもらいましょう」

と答えていた。

嘉右衛門は後からくる従者と陸尺に、

「先に屋敷に戻っておれ」

と命じた。

このようなことが頻繁にあるのか、供の者も頷くと老中屋敷が並ぶ大名小路へと去っていった。

左京は座光寺家が負わされた家康、家光との隠された使命を話す気はさらさらなかった。だが、品川家から養子に入った左京為清が吉原の女郎瀬紫となした所業の数々から本宮藤之助に主を始末して左京為清に化身する命が下されたことなど、その経緯を語った。さらにその結果、品川家が差し向けた刺客の襲撃に晒されていることも付け加えた。

「やはりのう、刺客を送り込むなど式部大夫どのが考えそうなことだ。左京どの、そなたが捕縛した刺客が自白致さば、その自白の書付け、嘉右衛門に預ける気はないか。高家肝煎の品川式部大夫どのの愚行を止めたいでな」

嘉右衛門は言外に主の老中首座自らが動くことをも示唆していた。

「嘉右衛門様、なぜそのように座光寺家に親切をなされますな」

嘉右衛門が足を止め、左京を見上げた。

「座光寺家にではない。望むと望まぬとにかかわらず宿命を負わされた左京為清と申す若武者に関心があってな」

「嘉右衛門様にまた借りが出来ますな」

「いつの日か、そなたの力を願う時もあろう。そのとき、陣内嘉右衛門の力になってくれよ」

「承知しました」

二人は江戸城の御堀側、日本橋川の最初の橋、一石橋を渡ると町屋に入り、呉服橋の前で左右に分かれた。


左京が牛込山伏町の屋敷に戻ったのは七つ(午後四時)前のことだった。まず今日は刺客が横たわる座敷へと通った。

荒い息を吐き続ける刺客の寝間に引田武兵衛とおよしがいた。

「どうだ」

「医師の洸庵《こうあん》どのは肺炎を起こさねばよいがとそのことを危惧されておりました。ただ今、文乃が洸庵先生の屋敷に薬を貰いにいっております」

と答えた武兵衛が、

「それにしても文乃の戻りはちと遅いな」

「お医師の屋敷はどこだ」

「四谷御門に近い麴町にございます」

「実家に立ち寄っておるのであろうか」

「いかにもそんなことかとおよしと話し合うておりました」

そのとき、刺客が呻いて体を動かした。

およしが額から落ちた手拭を取り、桶の水に浸すと絞った。そして、それを赤い顔の刺客の額に戻した。

薬を取りにいった文乃は、なかなか戻ってこなかった。

「ちとおかしゅうございますな」

と武兵衛が言い、およしと顔を見合わせた。

「それがしが甲斐屋《かいや》に尋ねてこよう」

「いえ、主がなさることではございませぬ。使いを走らせます」

と武兵衛が立ち上がり、手配のために出ていった。

武兵衛が戻ってから、さらにゆるゆると時間が流れていった。

部屋の中に置かれた火鉢の薬缶《やかん》がしゅんしゅんと音を立てるのが唯一つの物音だった。

廊下に足音が響いた。

「左京様、ご家老」

と廊下で声がして、障子戸が引き開けられ、池田公武と甲斐屋佑八《すけはち》の番頭篤蔵《とくぞう》が飛び込んできた。

「文乃様はまだお帰りではございませぬな」

「戻らぬ」

と武兵衛が即座に答えた。

「うちから山伏町までどうゆっくりと歩いても半刻もあれば十分です」

と篤蔵も叫んだ。

「篤蔵、文乃は店に立ち寄ったのだな」

「左京様、洸庵先生のところで薬を貰ってきた、お父つぁん、おっ母さんは元気と、この篤蔵にお聞きになり、私がお元気ですとお答えすると、じゃあね、と急いで屋敷へ戻られたのです」

「刻限は」

「八つ（午後二時）の頃合でした」

「もはや六つ半（午後七時）を過ぎたな」

二刻半ほど前に実家の甲斐屋を出た文乃が行方を絶っていた。

「左京様、引田様」

篤蔵の顔が引き攣《つ》っていた。

左京は静かに息を吐いた。

「文乃にとって実家と屋敷の間は通いなれた道だ。迷うはずもない」

「なにがございましたので、左京様」

「篤蔵、心当たりはある」

「ございますので。ならば直ぐにお手配をお願い申します」

頷いた左京は、

「篤蔵、左京が一命に代えても文乃は連れ戻る。しばし時を貸してくれぬか」

「なぜ即刻に動かれませぬ」

篤蔵が迫った。

「篤蔵、仔細《しさい》がある。左京様にお考えがあると申される、しばし時を貸してくれ。われら、座光寺家も全力を上げる。ただし、われらが動くときは、左京様の命《めい》が下ったときだ」

と厳然と答えた武兵衛が左京の顔を見た。

「池田、念の為だ。浅草山谷まで走り、このことを巽屋左右次親分に告げてくれ。文乃の足取りを追うには玄人《くろうと》の手を借りよう、急げ」

はい、と答えた池田公武が廊下から立ち上がった。

「左京様、甲斐屋がなんぞ手を下すことはございませぬか」

左京はその場を見回した。

その場にいるのは武兵衛とおよしと篤蔵に、熱を発して横たわる刺客の四人だった。

「ある」

「ございますか」

「そなた、高家肝煎品川家に親しく出入りしていたな」

「はい、いかにも出入りを許されております」

「その足でご機嫌伺《うかが》いに行ってくれぬか」

「それが文乃様を探すことにつながりますので」

と答えた篤蔵が、
あっ！

と叫び声を上げて、

「文乃様は品川様のお屋敷に連れ込まれたのでございますか」

「見よ、この者を。昨夜、左京を殺そうと屋敷に押し入った刺客だ。おそらくは品川家に雇われた者だ」

「なんということか」

「篤蔵、座光寺家にはそれしか思い当たる節はない。そなたが突然用事もなく品川家に参れば、文乃が屋敷に連れ込まれていることを承知で訪ねてきたと相手も感じるはずだ。となれば必ずや牽制になろう」

「承知しました。なんとしても篤蔵、文乃様のお身をお守り致します」

「よいか、無用に動くでないぞ。家老を長話に誘い込めばよい。なんとしても時を稼いでくれ。屋敷外にはわが座光寺家の家来を配しておく」

篤蔵が決然と立ち上がった。

武兵衛が一緒に従った。文乃と篤蔵の二人を守るために品川家の屋敷の外を見張る家臣の人選に入るためだ。

長い夜が始まろうとしていた。

ただ病間には刺客が吐く荒い息が続いていた。

時がゆるゆると過ぎていく。

庭木を揺らして風が吹き抜けていく。

刺客の寝間に左京と刺客の二人だけがいた。

ぜいぜい

と座敷に響いていた弾んだ息が変わった。

左京は無意識に刺客の額に載せた手拭を取り、廊下に置かれた桶の水に浸そうとした。

その時、刺客が目を見開いた。

「加減はどうか」

「水を所望《しょもう》したい」

「うーむ」

頷いた左京は枕元に置かれた水差しを刺客の口に差し出した。男は両手で水差しを摑もうとした。

「待て」

左京は刺客の半身を起こし、水差しを咥《くわ》えさせた。

ごくりごくり

と喉が鳴って水を飲み干した。

左京が刺客を再び寝かせようとした。

「このままにしてくれぬか」

「望みならば」

左京は廊下の水桶で手拭を濡らして固く絞り、差し出した。

「すまぬ」

と詫びた刺客が手拭を熱のある顔に当てた。しばしその姿勢でじっとしていた刺客が、

「薬を医師のところに取りにいった娘御の行方未だ摑めぬか」

と聞いた。そして、手拭を顔から外した。

無精髭に覆われた唇は高熱のためにかさかさに乾いていた。

「聞いておったか。文乃と申す娘は未だ行方知れずだ。だが、拘引《かどわか》した人間がだれかおよその察しはついておる」

刺客が頷いた。

しばし沈黙の時が流れた。

「金に窮して刺客を請合《うけあ》ったは岩城《いわき》参五郎《さんごろう》生涯の失態であった」

「そなた、岩城参五郎と申されるか」

「いかにも岩城参五郎秀康《ひでやす》でござる。親父の代まで元西国のさる小名の家臣でござっ

た。父が上役とぶつかり職を辞して以来、父と身どもは諸国を流浪の旅をして参った。少々腕に覚えがあった父は仕官などいと容易《たやす》きことと考えたようだが、剣術が少しばかりできたとて中間にすら雇ってもらえぬ。父は奉公を辞したことを嘆きながら十数年前、北国の城下町で亡くなった。その後も父から教えられたタイ捨流《しゃりゅう》の技でなんとか糊口《ここう》を凌《しの》いできた、わが身一人が食べていくにはなんとでもなり申した。だが、旅の途次、女子が出来て、子をなした。その者を東海道三島宿において、江戸に稼ぎに出てきたのだ。だが、大地震がかくも酷い惨状をもたらしたとは考えもせなんだ。路銀も尽きたとき、通旅籠町の木賃宿でこの刺客の話を知った」

左京は頷くと、

「水を飲むか」

と水差しを差し出した。

今度は自ら水差しを保持して飲んだ。

「身どもにこの暗殺話を仲介した者の名は言えぬ、身ども同様に貧乏侍にござる、仲間同士の義理がござってな。だが、身どもを雇った人間は分かっておる。そなたらが察した通り、麴町に屋敷を構える高家肝煎品川式部大夫だ。そなたを暗殺した暁《あかつき》には五十両の報賞を約したのは家老の佐竹兵庫《さたけひょうご》と申す者であった」

「そなた、前払い金を受け取ったか」

「内所が豊かと聞いておったが金持ちほど渋い。あくまで成功した暁と家老は言い張りおった」

「見事そなたがそれがしを斃《たお》したとせよ、品川家に戻っても知らぬ存ぜぬと突っぱねられるかもしれんぞ」

「身どもも浪々の暮らしが長いのだ。佐竹相手に一札《いっさつ》を取っておる。もっともそなた相手では身どものタイ捨流など児戯に等しいものであった」

と岩城は自嘲した。

「そのような書付、そなたは所持しておらなかった」

「通旅籠町の木賃宿一番屋の番頭佐平《さへい》に預けてある」

「岩城どの、その書付、それがしに見せてはくれぬか。文乃の命、なんとしても助けたい」

岩城参五郎が首肯《しゅこう》し、

「好きにしてくれ。娘御を危機に陥らせたせめてもの罪滅ぼしだ」

と言った。

四

その時、廊下に足音がした。

障子が開いて姿を見せたのは引田武兵衛と巽屋の左右次親分だ。

武兵衛が床に半身を起こした刺客岩城参五郎の姿に仰天した。

「武兵衛、硯箱《すずり》を持て」

「何事にございますな」

「事情を話す暇はない、急げ」

はっ、と答えた武兵衛が座敷から姿を消した。

「親分、手立てはついた。手紙を書いた後、付き合ってくれ」

「へえっ」

武兵衛が手に硯箱と巻紙を抱えて慌しく戻ってきた。

「武兵衛、手紙を書いた後、そなたも一緒に出ることになる。駕籠を用意しておけ」

「畏まりました」

「わっしも玄関先でお待ちしております」

と武兵衛と左右次の二人が座敷から消えた。

左京はしばし沈思した後、一気に一通の書状を書き上げた。

「よし」

と自らを鼓舞《こぶ》するように言った左京は視線を岩城参五郎に向けた。

「そなたの身柄、この座光寺左京に預けぬか」

「もはやわが命、そなたの手中にあり。覚悟しておる」

「文乃がわが屋敷に無事戻った暁はそなたが文乃の命の恩人じゃあ。悪いようにはせぬ、この左京を信じよ」

刺客が頷いた。

左京は書き上げた手紙を手に立ち上がった。すると岩城が、

「品川式部大夫は麴町に道場を開く無外流《むがいりゅう》辻蔵次《つじくらつぐ》という遣い手を寵愛していると聞いた。気をつけられよ」

無外流は辻月丹資茂《げったんすけもち》が創始した剣法と居合術だ。麴町に道場を開く辻蔵次が辻姓を名乗るのは辻月丹の末裔《まつえい》だからか。

左京は答えた。

「承知した」

木賃宿一番屋は通旅籠町の裏路地にあって、傾きかけた平屋であった。

巽屋の左右次が、

「御用だ、開けねえ！」

の一言で傾《かし》いだ戸を開けさせ、番頭の佐平を呼び出すと身分を明かし、

「泊まり客岩城参五郎が書状を預けておるな」

「へえっ。岩城の旦那はどうなされたんで」

「御用聞きが姿を見せたんだ、大方の察しはつこうというものじゃねえか。急いで書状を出しねえ」

「親分、岩城の旦那の許しがねえと」

「人ひとりの命がかかっているんだ。ごたごた吐《ぬ》かすと大番屋にしょっ引《び》くぜ」

左右次の脅しに佐平が慌てて奥へ引っ込んだ。持参した書状を旅籠の有明行灯の明かりの側《そば》で披《ひら》いた左京は、認《したた》められた内容を確かめた。

「高家肝煎と日頃から横柄に生きておるとみえて、世の中を甘く見ておるわ」

と吐き捨てた。

「番頭、邪魔したな」

左京と左右次は表通りに戻った。するとそこには引田武兵衛を乗せた駕籠が待っていた。

「武兵衛、これからがそなたの出番だ。この二通の書状を急ぎ届けよ」

「左京様、どちらにでございますな」

「老中首座堀田正睦様江戸屋敷」

「ろ、老中首座、堀田様のお屋敷と申されましたか」

武兵衛が驚きのあまり、問い返した。

「二度とは言わぬ、性根を据えて聞き取れ。そなたの行動に座光寺家の命運と文乃の命がかかっておるのだ。届ける相手は重臣陣内嘉右衛門達忠どのだ。門番を叩き起こし、それがしの名を告げて、陣内様になんとしても今晩に読んで頂くのだ。あとは陣内様が判断なされる」

わずか二月前、伊那谷から出てきたばかりの左京がなぜ老中首座の重臣と知り合いかと訝《いぶか》りながらも武兵衛は、

「畏まりました」

と答えていた。

「われらは品川式部大夫の屋敷に駆けつける」

「はっ、はい」

夜の通旅籠町の辻で一丁の駕籠と徒歩の二人は左右に別れた。

麹町三丁目横町通りに左京と左右次が入ったとき、
すうっ
と数人の影が寄ってきた。

座光寺家の家臣たちだ。

座光寺家に明るい光を点《とも》し続けた文乃が拘引《かどわか》された事件は能天気に過ごしてきた家臣らに緊張と怒りを呼び起こさせ、一体感を生じさせていた。

そのことが品川家の屋敷を見張る家臣たちの全身に表れていた。

「ご苦労である」

「左京様、品川家はひっそり閑《かん》としております。文乃どのは本当にこの屋敷に幽閉されているのでしょうか」

「間違いない」

それは左京の確信だった。

「家老の引田武兵衛が駆けつける。それまで今までどおりに見張りを致せ」

「畏まりました」

家臣たちが闇に消えた。

その場に残されたのは左京と左右次だけだ。

「どうなさいますな」

「文乃が不安に思っておろう。忍び込む」

「お供致します」

「御用聞きが旗本屋敷に忍び入るとは大胆じゃな。見付かれば巽屋の看板を外すくらいではすまぬぞ」

「交代寄合伊那衆が高家肝煎のお屋敷に忍び込むのも異例にございます。出ないお化けをあれこれ思案するよりもまずは忍び込む場所を探しましょうかえ」

頷き合った二人は表門から裏門へと塀に沿って回り始めた。

猟官運動に訪れる大名や旗本家の用人らが差し出す賂《まいない》のせいで表門も白漆喰《しっくい》塗りの塀もきれいに手入れされていた。表門とはほぼ反対側の路地に塀の中から大竹が垂れかかっていた。

「こいつは手ごろだぜ」

左右次は懐に所持した十手の柄頭の円環に捕縄《とりなわ》を結び、そいつをくるくると回すと竹に絡めて引き寄せた。

竹は弾力で塀の外まで引き寄せられた。

左京が竹を摑み、左右次が竹に絡まった十手と捕縄を外すと懐に仕舞《しま》った。

「ちょいとお待ちを」

左右次は器用にも竹を伝い、塀の上に上がった。左京も左右次の真似をして続き、塀を乗り越えた。

二人が品川家の敷地に下り立ったのは蔵が三棟ならぶ裏手だった。

「だれかおりませぬか、文乃は喉が渇きました」

いきなり真ん中の蔵の中から文乃の声が響いてきた。

「左京様、文乃さんはお元気ですぜ」

「よかった」

左京の胸のつっかえが一気に下りた。

「左右次親分、こうなればこの蔵に張り付いておれば文乃を助け出すことができる」

「へえっ」

二人が密やかに問答を交わすところに再び文乃の声がした。

「これ、だれかおらぬか。文乃はお腹が空きました。なんぞ持参せよ。濃い味は喉が渇いてなりませぬ、薄味の煮物と握り飯でよい」

「この茶は温《ぬる》うございます。これでは宇治に失礼でございましょう。淹《い》れ直してきなされ」

幽閉されているというのに文乃は次から次へと注文をつけていた。

品川家としても座光寺の奥向き女中を捕まえたはいいが出入りの武具商甲斐屋佑八の娘ということがわかり、始末に困っている様子がありありと窺えた。

「座敷に甲斐屋の番頭が参り、ご家老を相手に長居をしているというが甲斐屋は娘といい、番頭といい、なんとも図々《ずうずう》しいのう」

見張りの侍の言葉に文乃が噛《か》み付いた。

「図々しいとは何事です。高家肝煎の品川家が夜盗まがいの所業を行い、恥ずかしくはございませぬか」

文乃の舌鋒に見張りの侍が舌打ちをした気配だ。

「そなた方も武士の端《はし》くれであろう。馬方風情の真似をして舌打ちとは何事です」

「一々煩《いちいちうるさ》い！」

癇癪《かんしゃく》を起こした見張りが叫んだとき、急に表門辺りが騒がしくなった。

「どうやら陣内嘉右衛門様が到着なされたな」

と呟いた左京は左右次に行動を起こすと合図した。

「へえっ」

二人は蔵の横に回った。すると庭から数人の若侍が飛び出して、

「おい、娘を外に連れ出して始末致すぞ」

と叫んだ。

「なにがあった」

「なにがあったか知らぬが表門に駕籠を乗り付け、開門させた者がおるそうな」

左京と左右次は蔵の横の闇で様子を窺った。庭からきた侍たちが加勢して文乃を連れ出す様子だ。

「なにをなさいますな、お武家ともあろう方々が娘一人にかような乱暴をなさるとは許しませぬぞ」

と気丈にも文乃の抵抗する声が響いた。

左京が蔵に飛び込んだのはその時だ。

「あっ」

と驚く品川家の若侍やら若党に左京の怒りの手刀と肘打ちが次々に見舞われ、ばたばたと蔵の床に倒れ込んだ。相手は高家、文官の家系の家来たちだ。左京に太刀《たち》打ち

できるわけもない。

「文乃、怪我はないか」

「あら、左京様、よく文乃がいる場所が分かりましたねえ」

文乃は気丈にも応えたが体が細かく震えていた。その膝の上には岩城参五郎の薬があった。

「左京様、篤蔵も参っておりますので」

「そなたが行方を絶ったのでまずは品川家と推量をつけてな、篤蔵に一役買って貰った」

「古狸の番頭さん相手に佐竹様も困惑なされておられましょうな」

「文乃、そなたは始末されかねなかったのだぞ」

「左京様、文乃を殺すというの。七度生き返っても品川家に祟《たた》りをもたらしてやるわ」

と文乃が言うと立ち上がった。だが、長いこと正座をしていたせいか、よろめいた。左京が文乃の体を支え、

「ほれ、左京の背におぶされ。篤蔵を連れて品川家を辞去致すぞ」

と文乃の前にしゃがんだ。

「主様におぶさるなんて滅相《めっそう》もございません」

「今頃殊勝《しゅしょう》な口調に戻ってももう遅いわ。そなたがさんざんこやつらをきりきり舞させる舌鋒を親分と一緒にとくと聞いておった」

「あら、まあ」

「さっさとおぶされ」

ようやく文乃が覚悟したか左京の背に背負われた。肌を通して震えが伝わってきた。

「左京様、こやつら、どう致します」

「蔵の戸に錠前を下ろしておけばよかろう」

「へえっ」

左右次が床に転がり呻く見張りの腰から鍵を抜き、蔵の外に出た。

文乃をおぶった左京が続いた。

高家肝煎品川式部大夫と老中首座堀田正睦の給人、年寄目付の陣内嘉右衛門が対座していた。

「堀田様の家臣がかような刻限に何事にございますな」

式部大夫が横柄な表情で睨《にら》み付けた。

「式部大夫どの、それがし、武具商甲斐屋佑八と交友があってな、品川家が交代寄合座光寺家に行儀見習いの奉公に入った娘、文乃を無法にも拘引《かどわか》して幽閉しておるとの知らせをもらったでな、かくも駆けつけた次第です」

「なんという戯言《ざれごと》を、文乃などという娘は一切知らぬ」

「番頭の篤蔵もこちらに参っておりませぬか」

「知らぬ知らぬ」

「困ったのう」

「品川家は高家肝煎の家系にござる。老中首座堀田様のご家来とは申せ、そなた風情《ふぜい》に注文を付けられる筋合いはござらぬ」

「ござらぬか」

「ないわ。このまま辞去なされ。あまり茶番も度が過ぎられると堀田正睦様のご体面に差し障りが生じますぞ」

「式部大夫どの、座光寺家に刺客を放たれた事実もござらぬか」

嘉右衛門は話題を転じた。

「なんで刺客など交代寄合の貧乏旗本に差し向けよう」

「そなたの三男左京どのは座光寺家に養子に入ったのではなかったか。どうなされておるな」

「陣内と申したか。ちと口が過ぎようぞ。痛い目に遭わぬうちに早々に立ち去れ！」

癇癪《かんしゃく》を起こした式部大夫が叫んだ。

その時、書院と廊下を塞ぐ襖《ふすま》がすうっと開き、文乃を背負った左京が入ってきた。

その背後を巽屋左右次が固めている。

「嘉右衛門様、ご足労をお掛け申した」

「なんの、ただ今、品川式部大夫どのと和気藹々《あいあい》と談笑を致しておったところだ。おおっ、そなたが文乃か」

「はい」

左京が文乃を背から下ろし、文乃がその場に座すと嘉右衛門に頭を下げた。

「怪我もなくなによりであった」

嘉右衛門がそういうと式部大夫を見た。

「式部大夫どの、先ほど文乃などという娘は知らぬと申されましたな」

「おのれ、こやつは何者か」

と式部大夫が左京を見て叫んだ。

隣の座敷で人が動く気配があった。

「品川どの、お初にお目にかかる。それがし、座光寺左京為清にござる」

「おのれ、左京をふてぶてしくも名乗りおって。そなたがわが子、左京を殺した男か」

「いかにも」

左京の答えに式部大夫が、

「辻蔵次、これへ」

と命じた。

襖が開かれると座敷の真ん中に猿轡《さるぐつわ》を噛《か》まされた篤蔵が座らされ、壮年の武家が悠然と大刀を手に立ち上がった。

無外流の道場を麴町で開くという辻蔵次だった。

身丈は五尺五寸ほどか、腰がどっしりと据わり、鍛え上げられた五体を見せていた。

隣室には辻のほかに門弟らしき剣客が五、六人いた。

「あら、篤蔵ったらそのような目に遭って。左京様がお助けに参られたからもう大丈夫よ」

と文乃が言いかけた。

「式部大夫どの、ちと無法が過ぎますな」

嘉右衛門がじろりと式部大夫を見た。

「辻蔵次、この場の者、一人残らず始末せよ」

冷酷な命が飛び、辻蔵次が手の大刀を腰帯に差すと落ち着けた。

無外流は居合いをよくする剣術だ。

辻も居合いを遣う気のようだ。

左京は羽織を脱ぎ捨てた。

書院の左京と隣室の辻蔵次の間合いは一間半、その間に鴨居があった。

左京は居合いには居合いで対抗しようと腹を決めた。だが、六尺余の左京には鴨居が邪魔をした。

「信濃一傳流従踊五ノ手」

と呟く声が左京の口から洩れ、訝しき行動をとった。

対峙《たいじ》した相手に向かい、左京は正座したのだ。

「なんと」

辻蔵次から驚きの声が発せられた。だが、もはや左京は技に集中していた。

辻も両足を開き、腰を沈めて、抜き打ちの一撃にすべてをかけた。

じりじりと行灯の灯心が燃える音だけが書院と続き部屋に響いた。

戦機が段々に満ちて、辻蔵次がするすると滑るように前進すると正座した左京に向かって抜き打った。

「無外流秘伝横一文字」

左京は辻の言い放った言葉を聞きながら、正座のまま抜き上げた。

二尺六寸五分の藤源次助真《とうげんじすけざね》が光に変じた。

居合いと居合い、抜き打ちと抜き打ちが交錯した。

（左京様）

文乃が目を瞑《つむ》った。

その耳に絶叫が聞こえた。

目を見開いた。

左京の座り居合いが相手の胴を斜めに深々と斬り上げ、辻蔵次は書院の床の間によろめきぶつかり、腰砕けに落ちた。

凄まじい一撃だった。

左京は抜き打った構えのままに立ち上がると隣部屋へと突進し、篤蔵の猿轡をぱあっと切っ先で斬り落としていた。

ふうっ
と篤蔵が息をした。

左京が辻蔵次の門弟に助真を向けた。

「師匠の仇を討ちたき者は前へ出られよ。座光寺為清がお相手致す」

眼前で凄まじい剣技を見せられ、門弟たちは圧倒されていた。ただ呆然自失として立ち竦んでいるばかりだ。

「ならば師匠を伴い、道場に戻られよ」

気迫に押されて門弟たちが頷いた。急いで辻の体を抱えると廊下に走り出た。だが、もはや医師の手当ては間に合わぬことはだれの目にも分かっていた。

「篤蔵、大丈夫」

「お嬢様、なに一つ怪我はございませんよ」

「古狸はのらりくらりと品川様の矛先を躱《かわ》していたの」

「お嬢様ほど篤蔵の話術は巧みでありませんでな」

式部大夫が立ち上がろうとするのを嘉右衛門が制した。

「品川どの、そなたは高家肝煎の名族ながら此度《こたび》の無法を咎《とが》に潰すこともできる」

「おのれ！」

「それでは座光寺家にもとばっちりがいくは必定《ひつじょう》、そこで相談がござる」

嘉右衛門がじろりと式部大夫を見た。

「座光寺家に今後一切手出しをせぬという一札を認《したた》めぬか」

「左京の無念、どう致す」

「もしそれを問わば大地震の夜、吉原の妓楼稲木楼から女郎の瀬紫《せむらさき》と謀らい、八百四十余両を盗んで逃げた罪を始め、その方《ほう》の倅《せがれ》の悪行の数々が表に出る。その証拠、すでに町方では揃えておる」

「うーむっ」

式部大夫が唸った。

「座光寺家にもまた家禄没収の沙汰が下りるやもしれぬが高家肝煎品川家もこのままでは済まぬぞ」

式部大夫の顔が真っ赤に紅潮し、がくりと肩を落とした。

長い沈黙の後、

「ひ、一つだけ願いを聞き届けて下され」

と式部大夫が言葉を搾《しぼ》り出した。

「申してみよ」

「左京の名はわが三男の名にござる、それまで座光寺家に譲りとうはない」

嘉右衛門が左京を見た。

「両家が立ち行くなれば左京の名、品川家にお返し申そう」

座光寺為清は静かに言った。

「式部大夫どの、お聞きのとおりだ」

嘉右衛門の声が一連の騒ぎの終わりを告げた。


安政二年（一八五五）十二月十三日、千葉周作成政《しげなり》が六十二歳で身罷《みまか》った。

北辰一刀流の雄落つ！

その報は江戸の剣術界に衝撃を与えた。

周作成政の門弟座光寺為清は酒井栄五郎《さかいえいごろう》の知らせにお玉ヶ池の玄武館道場に駆け付け、奥座敷に寝かされた師と対面した。

道場へ引き下がると大勢の通夜の客の中に陣内嘉右衛門がいた。

「対面なされたか」

「穏やかなお顔にございました」

うーむ
と頷いた嘉右衛門が、

「御目付《おめつけ》を始め諸役所、これまでの功績により品川、座光寺両家にお咎めなきことで決着した」

と告げた。

「嘉右衛門様、このとおりにございます」

左京が頭を下げた。

「座光寺どの、名はなんと変えられたな」

「座光寺藤之助為清にございます」

「元の名に戻られたか、よいよい。その名を高めるも穢《けが》すも藤之助為清どののこれからのご奉公次第にござる」

「肝に銘じます」

二人は視線を交えて頷き合った。

そのとき、激動の時代の到来を告げてか、一代の剣客の死を悼《いた》んでか、晩冬の空に雷鳴が鳴り響いた。

解説

小柳《おなぎ》治宣《はるのぶ》（文芸評論家）

「ソウカイ」な時代小説。「交代寄合伊那衆異聞シリーズ」を一言でいえば、そうした表現がぴたりと当てはまる。なぜカタカナで表記したのか。それは、「壮快」でもあり、「爽快」でもあるからである。

『広辞苑』によれば、「壮快」とは「元気にあふれ気持がよいこと」、「爽快」とは「さわやかで気持がよいこと」である。本シリーズは、この二つの「ソウカイ」を併《あわ》せもつ、つまり、「元気にあふれ、気持がよい」時代小説ということになるわけだ。

では読後の、得《え》もいわれぬ「ソウカイ」感は、どこから生まれるのだろうか。そのあたりを少し考えてみたい。

まずは、主人公、旗本座光寺《ざこうじ》家最下級の武士・本宮藤之助《ほんぐうとうのすけ》が放つ「気」である。その充溢《じゅういつ》した「気」が、物語全体に勢いを与え、読者へ「壮&爽快」の風を送り込む。もちろん、その「風」の一翼を担っているのは、藤之助の振るう豪剣であり秘剣であることはいうまでもない。

本宮藤之助は、信濃一傳流《しなのいちでんりゅう》の免許皆傳だが、さらに独自の工夫を凝《こ》らして、自らの独創の剣法を作り上げていた。そこから生まれたのが、「天竜暴れ水」だ。座光寺家の知行地、信州伊那で生まれ育った藤之助が、天竜川の奔放《ほんぽう》な流れにヒントを得て編み出した秘剣である。

その剣技の実際は、本書のなかで堪能《たんのう》していただきたいが、スケールの大きさは過去に書かれた剣豪小説のなかでも群を抜いている。だからこそ、人を斬る場面でも凄《せい》惨《さん》さが漂わず、胸のすく「爽快」感を味わえるのであろう。

「ソウカイ」感を生んでいる、もう一つの源泉は、思い切りのよい筋運びにある。作者の筆には、ためらいがまったくない。骨太かつ豪快にストーリーを進めていく。その最たるものが、シリーズ一巻目『変化《へんげ》』での「主殺《しゅ》し」の場面である。そして、その後に藤之助を襲う運命の激変。作者は「壮快」な筆さばきで、そのあたりをグイグイ描き切っていく。読者をストーリーのなかに立ち止まらせることはまずない。

主人公のキャラクターとストーリーの大胆さ、この二つが一つに融《と》け合って、本シリーズを「ソウカイ」なエンターテインメントたらしめているのである。では、シリーズ第二弾の本作に触れる前に、第一弾の『変化』をちょっと振り返ってみよう。

時は、幕末、安政《あんせい》の大地震が勃発《ぼっぱつ》した直後。歴史年表風に表わせば、次のようになろう。

嘉永《かえい》六（一八五三）ペリー浦賀に来航
安政元（一八五四）日米和親条約締結
安政二（一八五五）十月　安政大地震
　　　　　　　　　十二月千葉周作没
安政三（一八五六）アメリカ総領事ハリス下田に着任

黒船が到来し、幕末動乱の時代が幕を開ける、まさに「その時」が、本シリーズの舞台となる。地震で壊滅状態となった江戸へ、信州伊那から駆け付けた本宮藤之助は、思わぬ、しかも厄介《やっかい》な仕事を命じられる。養子として入ってきた座光寺家の当主・左京為清《さきょうためすが》が、地震で焼失した吉原から家宝の短刀とともに姿を消してしまったというのだ。

やがて明らかになったのは、放蕩者《ほうとう》の左京が相方の遊女・瀬紫《せむらさき》とともに、妓楼《ぎろう》の隠し金八百両をくすねて逃亡しているという事実であった。座光寺家存亡の危機である。その危機を回避すべく、すべてを託された藤之助は主殺しの覚悟を決める。

そして、本巻では、下級武士から直参《じきさん》旗本千四百十三石の当主へ「変化」を遂げたばかりの本宮藤之助が、座光寺左京として開巻早々登場する。藤之助改め左京は、十三代将軍・家定《いえさだ》とのお目見《めみえ》も無事に済まし、正式に座光寺家の主《あるじ》となった。が、その中身はまだ変化の最中《さなか》にある。その意味では、本シリーズを、若い藤之助の成長譚(正確には変身譚というべきか)とみることもできよう。

彼の「成長」を手助けするのが、奥女中の文乃《あやの》だ。町家(武具商)から行儀見習いにきた娘だけに、気っ風がよくて気取りがない。この文乃の活躍が爽快さに拍車をかける。

そして、左京(藤之助)に当主たる自覚を促《うなが》した最《さい》たるものは、家宝・包丁正宗《ほうちょうまさむね》に隠された「首斬安堵《くびきりあんど》」の秘密であった。この秘密は、幕府の屋台骨がきしみ始めた時こそ重大な意味をもってくる。その秘密を先の左京は利用しようとし、藤之助に始末されたのであった。

本巻では、殺された左京の実父である高家《こうけ》肝煎《きもいり》の品川式部《しながわしきぶ》大夫《たいふ》が、執念深く藤之助に刺客を送ってくる。それを完全に封じ込めるためには、左京の悪事の生き証人である瀬紫の行方を探さねばならない。

なかなか尻尾をつかませない女狐の影を追って左京（藤之助）は、神奈川宿の新開地、横浜《よこはま》村にまで足を運ぶ。そこで左京を出迎えたのは、短筒の銃弾であり、唐人の振るう青龍刀の凄まじい刃風であった。

このあたりの、緊張感あふれる描写は、読者に息をつく暇すら与えない。行間にみなぎる張り詰めた空気が、読んでいる者の肩を凝らせる。そんな感じなのである。これこそ、剣戟《けんげき》シーンの白眉ではあるまいか。

そこでの左京の剣は、「天竜暴れ水」を超え、さらに進化していた。幽玄に満ち、沈潜と静謐《せいひつ》を想起させる剣である。「信濃一傳流奥傳《おうでん》正舞四手従踊八手」が、ついに本巻でベールを脱ぐことになる。「王者の剣」千葉周作をすら感嘆させた相伝の技とは……。

その剣聖・千葉周作の最後の弟子、それが左京である。最晩年の周作が伝授した無形のもの、それが左京をどう成長させていくのか、このあたりも楽しみではある。それにしても、先の「信濃一傳流奥傳」や千葉周作（前巻から登場してはいるが）との関係によって、二巻目にして、シリーズには「壮&爽快さ」ばかりでなく、「静厳《せいげん》さ」も加わってきて、奥行きが一層《いっそう》深まったようでもある。

さて、物語の方であるが、横浜で女狐の尻尾を摑《つか》み損《そこ》ねた左京は、豆州《ずしゅう》戸田《へだ》村まで追って行く羽目となった。沖合に停泊する唐人船にそれらしき姿を発見した左京ではあったが、果たして、狡智《こうち》に長《た》けた女狐・瀬紫の尻尾をがっしりと捕らえることができるのか……。

ところで、本作の後半に、戸田浜で左京が、伊豆韮山《にらやま》代官の江川太郎左衛門《えがわたろうざえもん》英敏《ひでとし》に出会う場面がある。英敏は、著名な洋学者でもあった江川太郎左衛門英龍《ひでたつ》の倅《せがれ》である。父の急死によってその跡を継いだのだ。佐伯泰英ワールドの愛読者ならば、ここで、夏目影二郎《なつめかげじろう》シリーズの『妖怪狩り』（光文社文庫）あたりを思い浮かべたのではあるまいか。この夏目影二郎シリーズはやはり幕末を舞台にしており、江川英龍が随所で顔をみせるので、未読の方は本シリーズと併せて読まれんことをお薦《すす》めしたい。

ちなみに、座光寺家は実在した旗本である。手元にある『別冊歴史読本　徳川旗本八万騎人物系譜総覧』（新人物往来社）によれば、「信濃国の旧族、慶長《けいちょう》六年、本領安堵され采地《さいち》に住むことを許された」とあり、初代の丹後為時《たんごためとき》から十二代にわたって連綿と続く家柄であることが実証されている。作者はこうした史実をうまく生かしながら、虚々実々の世界を構築しているのである。

史実といえば、本シリーズでは安政大地震直後の吉原の惨状が実にリアルに描かれている。この荒川河口付近を震源とした直下型地震は、マグニチュード六・九、死者七千、倒壊家屋一万四千以上と推定されている。これによって壊滅状態に陥った吉原が、短期日のうちにどうやって復興を遂げていくのか。このあたりも、本シリーズの読み所の一つといえよう。

新生・座光寺左京の成長ぶりとともに、瞬《また》く間に再生していく吉原（さらには江戸の町人）の底知れぬパワーを存分に堪能《たんのう》していただきたい。

本書は文庫書下ろし作品です。

|著者|佐伯泰英　1942年福岡県生まれ。闘牛カメラマンとして海外で活躍後、国際冒険小説執筆を経て、'99年から時代小説に転向。迫力ある剣戟シーンや人情味ゆたかな庶民性を生かした作品を次々に発表し、平成の時代小説人気を牽引する作家に。「密命」「居眠り磐音江戸双紙」「吉原裏同心」「夏目影二郎始末旅」「古着屋総兵衛影始末」「鎌倉河岸捕物控」「酔いどれ小籐次留書」など各シリーズがある。講談社文庫では、『変化』に続き、本書が「交代寄合伊那衆異聞」シリーズ第2弾。

雷鳴《らいめい》　交代寄合伊那衆異聞《こうたいよりあいいなしゅういぶん》

佐伯泰英《さえきやすひで》

2005年12月15日第1刷発行

発行者——野間佐和子
発行所——株式会社　講談社
東京都文京区音羽2-12-21　〒112-8001
電話　出版部（03）5395-3510
　　　販売部（03）5395-5817
　　　業務部（03）5395-3615

Printed in Japan

講談社文庫

定価はカバーに
表示してあります

デザイン—菊地信義
本文データ制作—講談社プリプレス制作部
印刷———中央精版印刷株式会社
製本———中央精版印刷株式会社

落丁本·乱丁本は購入書店名を明記のうえ、小社業務部あてにお送りください。送料は小社負担にてお取替えします。なお、この本の内容についてのお問い合わせは文庫出版部あてにお願いいたします。

ISBN4-06-275270-0

講談社文庫刊行の辞

二十一世紀の到来を目睫に望みながら、われわれはいま、人類史上かつて例を見ない巨大な転換期をむかえようとしている。

世界も、日本も、激動の予兆に対する期待とおののきを内に蔵して、未知の時代に歩み入ろうとしている。このときにあたり、創業の人野間清治の「ナショナル・エデュケイター」への志を現代に甦らせようと意図して、われわれはここに古今の文芸作品はいうまでもなく、ひろく人文・社会・自然の諸科学から東西の名著を網羅する、新しい綜合文庫の発刊を決意した。

激動の転換期はまた断絶の時代である。われわれは戦後二十五年間の出版文化のありかたへの深い反省をこめて、この断絶の時代にあえて人間的な持続を求めようとする。いたずらに浮薄な商業主義のあだ花を追い求めることなく、長期にわたって良書に生命をあたえようとつとめるところにしか、今後の出版文化の真の繁栄はあり得ないと信じるからである。

同時にわれわれはこの綜合文庫の刊行を通じて、人文・社会・自然の諸科学が、結局人間の学にほかならないことを立証しようと願っている。かつて知識とは、「汝自身を知る」ことにつきていた。現代社会の瑣末な情報の氾濫のなかから、力強い知識の源泉を掘り起し、技術文明のただなかに、生きた人間の姿を復活させること。それこそわれわれの切なる希求である。

われわれは権威に盲従せず、俗流に媚びることなく、渾然一体となって日本の「草の根」をかたちづくる若く新しい世代の人々に、心をこめてこの新しい綜合文庫をおくり届けたい。それは知識の泉であるとともに感受性のふるさとであり、もっとも有機的に組織され、社会に開かれた万人のための大学をめざしている。大方の支援と協力を衷心より切望してやまない。

一九七一年七月

野間省一

講談社文庫 最新刊

講談社文芸文庫

久坂葉子

幾度目かの最期 久坂葉子作品集

解説＝久坂部羊

十八歳の時書いた作品で芥川賞候補となり、二十一歳で自殺した久坂葉子。遺書的作品「幾度目かの最期」を中心に、神話化された幻の作家の心の翳りを映す精選集。

佐藤春夫

維納《ウィーン》の殺人容疑者

解説＝横井司

一九二八年七月、ウィーン郊外で起きた女性殺害事件の裁判を、「述べて作らぬ」という〈纂述〉の形を借りて、人間心理の深奥に迫るドラマへと昇華した冒険作。

正宗白鳥

世界漫遊随筆抄

解説＝大嶋仁

世界の激動を予感させる昭和の初期に欧米旅行へ発った正宗白鳥。文豪の眼に世界はどう映ったのか……。愚直に世界と向きあい、簡潔に直截に印象を記す好随筆集。

講談社文庫　目録

佐野洋子　猫ばっか
佐野洋子　コッコロから
佐川芳枝　寿司屋のかみさんうちあけ話
佐川芳枝　寿司屋のかみさんおいしい話
佐川芳枝　寿司屋のかみさんとっておき話
佐川芳枝　寿司屋のかみさんお客さま控帳
佐川芳枝　寿司屋のかみさん、エッセイストになる
桜木もえ　ばたばたナース秘密の花園
桜木もえ　ばたばたナース美人の花道
桜木もえ　純情ナースの忘れられない話
佐藤治彦　〈お金で困らない人生のための〉最新・金融商品五つ星ガイド
斎藤貴男　バブルの復讐〈精神の瓦礫〉
佐藤賢一　二人のガスコン(上)(中)(下)
笹生陽子　ぼくらのサイテーの夏
笹生陽子　きのう、火星に行った。
佐伯泰英　変《へん》化《げ》〈交代寄合伊那衆異聞〉
佐伯泰英　雷鳴〈交代寄合伊那衆異聞〉
司馬遼太郎　王城の護衛者
司馬遼太郎　俄《にわか》〈浪華遊侠伝〉

司馬遼太郎　北斗の人
司馬遼太郎　妖怪
司馬遼太郎　尻《しり》啖《くら》え孫市
司馬遼太郎　真説宮本武蔵
司馬遼太郎　風の武士(上)(下)
司馬遼太郎　戦雲の夢
司馬遼太郎　軍師二人
司馬遼太郎　最後の伊賀者
司馬遼太郎　新装版 播磨灘物語 全四冊
司馬遼太郎　新装版 箱根の坂(上)(中)(下)
司馬遼太郎　新装版 アームストロング砲
司馬遼太郎　新装版 歳月(上)(下)
司馬遼太郎　新装版 おれは権現
司馬遼太郎　新装版 大坂侍
司馬遼太郎・海音寺潮五郎　日本歴史を点検する
司馬遼太郎・陳舜臣・金達寿　歴史の交差路にて〈日本・中国・朝鮮〉
司馬遼太郎・井上ひさし　国家・宗教・日本人
柴田錬三郎　岡っ引どぶ 正・続〈柴錬捕物帖〉
柴田錬三郎　お江戸日本橋(上)(下)

柴田錬三郎　三国志〈柴錬痛快文庫〉
柴田錬三郎　江戸っ子侍(上)(下)
柴田錬三郎　貧乏同心御用帳
城山三郎　ビッグボーイの生涯〈五島昇その人〉
城山三郎　この命、何をあくせく
白石一郎　火炎城
白石一郎　鷹ノ羽の城
白石一郎　銭の城
白石一郎　びいどろの城
白石一郎　庖丁ざむらい〈十時半睡事件帖〉
白石一郎　観音妖女〈十時半睡事件帖〉
白石一郎　刀〈十時半睡事件帖〉
白石一郎　犬を飼う武士〈十時半睡事件帖〉
白石一郎　出世長屋〈十時半睡事件帖〉
白石一郎　おんな舟〈十時半睡事件帖〉
白石一郎　海よ島よ〈歴史紀行〉
白石一郎　乱世を斬る〈歴史エッセイ〉
白石一郎　海将(上)(下)
白石一郎　蒙古襲来〈海から見た歴史〉

講談社文庫　目録

志水辰夫　帰りなん、いざ
志水辰夫　花ならアザミ
志水辰夫　負け犬
新宮正春　抜打ち庄五郎
島田荘司　占星術殺人事件
島田荘司　殺人ダイヤルを捜せ
島田荘司　火刑都市
島田荘司　網走発遙かなり
島田荘司　御手洗潔の挨拶
島田荘司　死者が飲む水
島田荘司　斜め屋敷の犯罪
島田荘司　ポルシェ911《ナインイレブン》の誘惑
島田荘司　御手洗潔のダンス
島田荘司　本格ミステリー宣言
島田荘司　本格ミステリー宣言II〈ハイブリッド・ヴィーナス論〉
島田荘司　暗闇坂の人喰いの木
島田荘司　水晶のピラミッド
島田荘司　自動車社会学のすすめ
島田荘司　眩（めまい）暈

島田荘司　アトポス
島田荘司　異邦の騎士
島田荘司　改訂完全版 異邦の騎士
島田荘司　島田荘司読本
島田荘司　御手洗潔のメロディ
島田荘司　Pの密室
塩田潮　郵政最終戦争
清水義範　蕎《そ》麦《ば》ときしめん
清水義範　国語入試問題必勝法
清水義範　永遠のジャック&ベティ
清水義範　深夜の弁明
清水義範　ビビンパ
清水義範　お金物語
清水義範　単位物語
清水義範　神々の午睡(上)(下)
清水義範　私は作中の人物である
清水義範　春高楼の
清水義範　イエスタデイ
清水義範　間違いだらけのビール選び

清水義範　ザ・対決
清水義範　今どきの教育を考えるヒント
清水義範　人生、うろうろ
清水義範　青二才の頃〈回想の'70年代〉
清水義範　日本ジジババ列伝
清水義範　日本語必笑講座
清水義範　ゴミの定理
清水義範　目からウロコの教育を考えるヒント
清水義範　世にも珍妙な物語集
清水義範　ザ・勝負
清水義範 西原理恵子・え　おもしろくても理科
清水義範 西原理恵子・え　もっとおもしろくても理科
清水義範 西原理恵子・え　どうころんでも社会科
清水義範 西原理恵子・え　もっとどうころんでも社会科
清水義範 西原理恵子・え　いやでも楽しめる算数
椎名誠　フグと低気圧
椎名誠　犬の系譜
椎名誠　水域
椎名誠　にっぽん・海風魚旅〈怪し火さすらい編〉

杉本苑子　汚名
杉本苑子　女人古寺巡礼
杉本苑子　利休破調の悲劇
杉本苑子　江戸を生きる
杉本苑子　風の群像〈小説・足利尊氏〉(上)(下)
杉本苑子　私家版かげろふ日記
杉田　望　金融夜光虫
鈴木輝一郎　美男忠臣蔵
瀬戸内晴美　かの子撩乱
瀬戸内晴美　京まんだら(上)(下)
瀬戸内晴美　彼女の夫たち(上)(下)
瀬戸内晴美　蜜と毒
瀬戸内寂聴　寂庵説法
瀬戸内寂聴　新寂庵説法 愛なくば
瀬戸内晴美　家族物語(上)(下)
瀬戸内寂聴　生きるよろこび〈寂聴随想〉
瀬戸内寂聴　寂聴天台寺好日
瀬戸内寂聴　人が好き[私の履歴書]
瀬戸内寂聴　渇く

瀬戸内寂聴　白道
瀬戸内寂聴　いのち発見
瀬戸内寂聴　無常を生きる〈寂聴随想〉
瀬戸内寂聴　わかれば『源氏』はおもしろい〈寂聴対談集〉
瀬戸内寂聴　寂聴相談室 人生道しるべ
瀬戸内寂聴　花芯
瀬戸内寂聴　瀬戸内寂聴の源氏物語
瀬戸内晴美編　人類愛に捧げた生涯〈人物近代女性史〉
梅原猛／瀬戸内寂聴　寂聴・猛の強く生きる心
関川夏央　よい病院とはなにか〈病むことと老いること〉
関川夏央　水の中の八月
関川夏央　やむにやまれず
先崎　学　フフフの歩
妹尾河童　少年H(上)(下)
妹尾河童　河童が覗いたインド
妹尾河童　河童が覗いたヨーロッパ
妹尾河童　河童が覗いたニッポン
妹尾河童／野坂昭如　少年Hと少年A
清涼院流水　コズミック流

清涼院流水　ジョーカー清
清涼院流水　ジョーカー涼
清涼院流水　コズミック水
清涼院流水　カーニバル一輪の花
清涼院流水　カーニバル二輪の草
清涼院流水　カーニバル三輪の層
清涼院流水　カーニバル四輪の牛
清涼院流水　カーニバル五輪の書
清涼院流水　秘密屋文庫 知ってる怪
曽野綾子　幸福という名の不幸(上)(下)
曽野綾子　私を変えた聖書の言葉
曽野綾子　自分の顔、相手の顔〈自分流を貫く生き方のすすめ〉
曽野綾子　それぞれの山頂物語 今こそ主体性のある生き方をしたい
曽野綾子　安逸と危険の魅力
蘇部健一　六枚のとんかつ
蘇部健一　長野・上越新幹線四時間三十分の壁
蘇部健一　動かぬ証拠
蘇部健一　木乃伊《ミイラ》男
そのだちえ　なにわOL処世道

講談社文庫　目録

講談社文庫　目録

高任和夫 粉飾決算
高任和夫 告発倒産
高任和夫 商社審査部25時〈知られざる戦士たち〉
高任和夫 起業前夜(上)(下)
谷村志穂 十四歳のエンゲージ
谷村志穂 十六歳たちの夜
谷村志穂 レッスンズ
高村薫 李歐《りおう》
高村薫 マークスの山(上)(下)
多和田葉子 犬婿入り
岳宏一郎 蓮如夏の嵐(上)(下)
岳宏一郎 御家の狗
武豊 この馬に聞いた!フランス激闘編
武豊 この馬に聞いた!炎の復活凱旋編
武豊 この馬に聞いた! 1番人気編
武豊 この馬に聞いた! 大外強襲編
武田圭 南海楽園〈タヒチ、バリ、モルジブ……サーフィン一人旅〉
高橋直樹 湖賊の風
橘蓮二 狂言の自由〈茂山逸平写真集〉

橘蓮二 高座の七人〈当世人気噺家写真集〉
吉川潮 橘蓮二 監修・高田文夫 大増補版おあとがよろしいようで〈東京寄席往来〉
多田容子 柳影
多田容子 やみとり屋
田島優子 女検事ほど面白い仕事はない
高田崇史 QED〈百人一首の呪〉
高田崇史 QED〈六歌仙の暗号〉
高田崇史 QED〈ベイカー街の問題〉
高田崇史 QED〈東照宮の怨〉
高田崇史 QED〈式の密室〉
高田崇史 試験に出るパズル〈千葉千波の事件日記〉
高田崇史 試験に敗けない密室〈千葉千波の事件日記〉
高田崇史 試験に出ないパズル〈千葉千波の事件日記〉
竹内玲子 笑うニューヨーク DELUXE
竹内玲子 笑うニューヨーク DYNAMITES
竹内玲子 笑うニューヨーク DANGER
高世仁 拉致〈北朝鮮の国家犯罪〉
田中秀征 梅の花咲く〈決断の人・高杉晋作〉
団鬼六 外道の女

立石勝規 田中角栄・真紀子の「税金逃走」
高野和明 13階段
高野和明 グレイヴディッガー
高里椎奈 銀の檻を溶かして〈薬屋探偵妖綺談〉
高里椎奈 黄色い目をした猫の幸せ〈薬屋探偵妖綺談〉
大道珠貴 背く子
高橋和女 流棋士
高木徹 ドキュメント 戦争広告代理店〈情報操作とボスニア紛争〉
平安寿子 グッドラックららばい
高梨耕一郎 京都風の奏葬
陳舜臣 阿片戦争 全三冊
陳舜臣 中国五千年(上)(下)
陳舜臣 中国の歴史 全七冊
陳舜臣 小説十八史略 全六冊
陳舜臣 琉球の風 全三冊
陳舜臣 山河在り(上)(中)(下)
陳舜臣 獅子は死なず
張《チャン》仁《イン》淑《スク》 凍れる河を超えて(上)(下)
津村節子 智恵子飛ぶ

2005年12月15日現在